适园诗文选

凌少泉 凌明明 著

西南大学出版社
国家一级出版社 全国百佳图书出版单位

图书在版编目(CIP)数据

适园诗文选 / 凌少泉, 凌明明著. -- 重庆：西南大学出版社, 2023.12
ISBN 978-7-5697-2178-2

Ⅰ.①适… Ⅱ.①凌… ②凌… Ⅲ.①诗集—中国—当代②散文集—中国—当代 Ⅳ.①I217.1

中国国家版本馆CIP数据核字(2024)第038639号

适园诗文选
SHIYUAN SHI WEN XUAN

凌少泉　凌明明　著

选题策划：徐中仁　李浩强
责任编辑：畅　洁
责任校对：王传佳
装帧设计：崔　琦
照　　排：李　燕
出版发行：西南大学出版社(原西南师范大学出版社)
　　　　　重庆·北碚　邮编：400715
经　　销：新华书店
印　　刷：重庆市正前方彩色印刷有限公司
成品尺寸：145 mm×210 mm
印　　张：5.375
插　　页：5
字　　数：93千字
版　　次：2023年12月　第1版
印　　次：2023年12月　第1次
书　　号：ISBN 978-7-5697-2178-2
定　　价：58.00元

乐见适园乔梓芳诗癖,带韵蹁跹蒸湘同心父子,生色笔廻雁峰高谄锦章

贺凌明旼先生《适园诗文集》出版

癸卯年桐月 旷瑜炎书

旷瑜炎诗并书

读咏蒸湘乐凤光,满适园饶春酬好,雨付梓酿醇言两代情追梦千行韵,绕轩今堪才辈品,去渴水逢源。

陈中寅诗贺适园诗文选付梓
癸卯 佛志强

陈中寅诗　席志强书

秋色自堪誇，狮菊尚妍风。
云横雁阵水，波滞渔船雨。
混三人地重，一幕三更憨。
归途晓霞起，赤城远。

凌少泉诗　文佐(元庐)书

莫道蓬莱远，幽微曲径通。
情凭意象造，境跨时空远。
洞诗傍壮峯，逐夕照红清。
凤振鹤缓物，千马和鸣。

凌明明诗　文佐(元庐)书

凌明明诗　刘彦书

凌明明

1949年生,湖南衡阳人。中华诗词学会会员,《湖南诗词》编委,衡阳市诗词学会副会长。在《中华诗词》《当代诗词》《中国诗词选刊》等公开刊物发表诗文160余篇。第六届华夏诗词二等奖。

诗六首

凌明明

游荔浦宿八卦山庄
山川融卦象,和合几经年?
时雨滋春浦,奇岩隐洞天。
风随朱鸟唱,客傍白云眠。
大道当能悟,陶然不羡仙。

卧龙谷听溪
缆车直上翠微巅,信步寻幽意自闲。
乱石嵯峨横峡谷,溪声激越满空山。

宿张家界梓木山庄
清风伴我倚晴轩,远看苍山近听泉。
莫讶幽居仙气绕,木楼镶在白云边。

读《杜工部诗集》感赋
连篇烽火纪穷愁,万里飘零两鬓秋。
空有豪情凌绝顶,长留浩气壮名楼。
巴山梦筑千间厦,楚水魂牵一叶舟。
遥望乡关归不得,几回掩卷泪还流。

登滕王阁值赣江水枯有感
儿时读序耽佳句,此日登楼意兴赊。
画阁重修高士聚,河床半露杞人嗟。
长天弄影怀秋水,孤鹜潜踪冷落霞。
安得新潮融古韵,江添秀色笔添花。

抗战胜利70周年遥望钓鱼岛感赋
混沌初开天接水,暗礁蓄势出海底。
沧桑几度不计年,小岛隐现烟波里。
适逢潮平雨霁时,大明龙舟泊于斯。
嘉靖赐名钓鱼岛,始承华夏雨露滋。
区区四岛东倭国,觊觎神州版图阔。
甲午鏖兵海波横,马关割地金瓯缺。
军国横行狂火烧,寻衅炮轰卢沟桥。
举国浴血驱强寇,远东庭审绞东条。
二战硝烟刚消散,太平洋上风云变。
芳岛当归惜未归,开罗宣言成虚幻。
创伤未愈冷战开,私相托管布迷霾。
东边夺岛风浪起,西边鱼鹰结队来。
自鸣得意凶似虎,错把今日当甲午。
任凭窃贼舌如簧,法理昭彰不可侮。
维权不怕路途长,珍惜和平吊国殇。
热血沸腾汇成海,化作浩歌慨而慷。
海岛蒙尘周旋久,蛟龙出巡长相守。
一朝携得明珠还,中华儿女同祝酒!

"三位一体"讲授 更易学深学透

□ 凌明明

在中华诗词蓬勃发展的今天，老年诗词爱好者越来越多，诗词已经成为老年大学的一门常设课程。作为一名老年大学的诗词课程教师，笔者就如何提升老年大学诗词课堂教学质量，弘扬中华优秀传统文化，结合自身教学经验做一些粗浅的探讨。

一、课程设计，将诗词欣赏与格律学习融为一体

现有诗词课堂的教学形式大致分为两种：一种是诗词欣赏，类似普通中小学的诗词课。这种课堂的主要目的是用诗词来陶冶情操、净化心灵，在诗词欣赏中享受快乐；另一种是诗词创作培训，为写作新手讲授格律，解决诗词入门问题。两种课堂各有侧重。单纯的诗词欣赏，任课教师大多不讲诗词格律，不能有针对性地指导学员创作诗词。单纯的诗词创作培训，大多是临时的，一般没有固定的学习场所与师资，缺乏系统性。老年大学具有较好的教育资源，诗词课堂可以兼采所长，既讲诗词欣赏，又讲诗词格律。通过课程设计，把诗词欣赏与格律学习融为一体。

按照惯例，开学第一课，我首先会用一首例诗来讲解诗词格律。比如王之涣的《登鹳雀楼》，这首诗老年学员都非常熟悉，诗句恰好是格律诗的四种基本句式。为了便于讲解，我先把"作品与格律应对"标记于下："白日依山尽（仄起仄收），黄河入海流（平起平收）。欲穷千里目（平起仄收），更上一层楼（仄起平收）。"再把这个"应对标记"作为学习模板，就显得非常直观。然后运用模板，通过比对，解读四种基本句式的规则与内涵。进一步就此阐析，讲何为"平仄四声"，并将平仄的排列方式"句内相间，联内相对，联间相粘"的规律讲清讲透，让新学员对格律有个基本的认知。接下来的课程就是诗词欣赏，

凌明明为萧润波老会长主持新书首发式
（2018年）

凌明明在衡阳师范学院诗词班授课
（2022年）

凌明明、唐桃秋夫妇合影
（2003年）

凌明明全家福
（2023年）

目 录

勤学苦耕　诗梦成真
　　——《适园诗文选》读后 …………………… 旷瑜炎 001
平民史诗的生动呈现
　　——读凌少泉、凌明明父子诗文合集《适园诗文选》
　　………………………………………………… 任东华 001

新　编

凌明明　著

诗

新农村剪影二首 ……………………………………002
十月杂咏 ……………………………………………002
喜读《蒸水诗词》 ……………………………………002
冬日偶得二首 ………………………………………003
游常宁印山三首 ……………………………………003
鼓浪屿远眺 …………………………………………004
南岳二贤祠即兴 ……………………………………004
车过奉节望白帝城 …………………………………004
题耒河武侯祠 ………………………………………004
湖光岩即兴二首 ……………………………………005
琼州海峡舟上远眺 …………………………………005

茶山坳梨园剪影二首 …………………………………………005
旁听诗词讲座 ……………………………………………………006
王际寿老师为我点评习作 ………………………………………006
参观衡东县庭院诗墙 ……………………………………………006
观油画《东渡黄河》 ……………………………………………006
回老家井塘二首 …………………………………………………007
学诗三首 …………………………………………………………007
乘缆车登祝融峰 …………………………………………………008
八达岭登长城 ……………………………………………………008
罗荣桓元帅故里行二首 …………………………………………008
元日接吟友短信 …………………………………………………009
快乐晚年竹枝词四首 ……………………………………………009
雁峰公园漫步二首 ………………………………………………010
卧龙谷听溪 ………………………………………………………010
自驾郊游偶得二首 ………………………………………………010
乘观光车登神农顶二首 …………………………………………011
宿张家界梓木山庄 ………………………………………………011
采风车中二首 ……………………………………………………011
千岛湖环山路上 …………………………………………………012
舟行千岛湖 ………………………………………………………012
莲湖雅集主持人命我首吟 ………………………………………012
厦门道中得句 ……………………………………………………012
桐城六尺巷观感 …………………………………………………013
寒山寺闻游客付钱敲钟 …………………………………………013
天门山玻璃桥上戏作 ……………………………………………013
重访衡东县委大院 ………………………………………………013

咏德天跨国大瀑布二首	014
公交低头族	014
双水湾即兴	014
乌蒙大草原偶得	015
武功山登顶途中	015
赞曾泰明老师诗词书法班二首	015
中秋夜望台海	016
茅台古镇漫步二首	016
三角梅苞片似花生意盎然	016
祖孙联吟	017
三亚鹿回头山顶公园即兴	017
三亚采风行	017
题浙江温州瓯江江心屿东塔	017
游白莲水库	018
海角畅想曲	018
谒文昌孔庙有感二首	018
与诗词班学员共勉	019
回乡即景	019
游湖南衡南江口鸟洲	019
游南岳老圣殿	019
宿南澳岛黄金海岸晨眺	020
钦州三娘湾逛海	020
酬弘隆方丈步韵和诗	020
原韵再酬弘隆方丈	020
望天台峰	021
衡山东湖诗会	021

石山茶场观光遇雨 ··· 021
蔡伦竹海怀古 ··· 021
四明山碧翠湖畔小憩 ····································· 022
登合江亭 ··· 022
于双全村部用多媒体讲诗词 ···························· 022
夜读诗友生态茶园采风"美篇" ························ 022
龙塘山庄客居早起 ······································· 023
荷塘写景遇雨 ··· 023
旷会长《暮色苍茫》新书首发 ························ 023
红叶 ··· 023
春日喜晴 ··· 024
月夜漫吟 ··· 024
与家人游岳阳 ··· 024
迎春花 ·· 025
酬钟先德老赐画赠诗 ···································· 025
从张家界一线天下峡谷 ································· 025
游荔浦宿八卦山庄 ······································· 026
恩施农庄早起 ··· 026
吉湘林带伤救火 ·· 026
参加衡阳县诗乡授牌 ···································· 027
访瑶寨扶贫驻村住户 ···································· 027
过矮寨大桥 ·· 027
谒中山陵 ··· 028
相公堡怀诸葛亮 ·· 028
何象贤老诗词续编付梓 ································· 028
白云山庄小住 ··· 029

农庄晚步	029
马岭河峡谷剪影	029
文昌铜鼓角眺海	030
游耒河相公滩	030
游雨母山	030
舟行明江	031
诗路漫吟	031
赞湖南衡东吴南新路	031
蜗居小唱	032
学诗偶得	032
己丑采风酬盛树森老赠书	032
重游湘江风光带	033
题郴州张学良囚禁处	033
拜读《谭雪纯诗词选》	033
游南岳二首	034
昌龄诗社授课与学友共勉	034
自驾游岐山	035
诗词进农家	035
游汨罗江屈子祠	035
读《杜工部诗集》有感	036
稻香村雅集拈微韵	036
南岳二贤祠怀朱熹张栻	036
晚年诗趣	037
甲午元日	037
月夜偶得	037
宿净业寺晓起	038

老友胡才炳乔迁滨江新居…………………………038

市诗词学会八代会在耒阳召开……………………038

喜得阔别多年老友手机号…………………………039

谒唐群英故居………………………………………039

旷瑜炎先生诗文分享会……………………………039

谒湘西草堂…………………………………………040

游腾冲火山地质公园………………………………040

步赵焱森会长《南岳论廉》韵……………………040

登滕王阁值赣江水枯有感…………………………041

太湖鼋头渚漫游即兴………………………………041

菜刀奇闻录…………………………………………041

瑞丽印象……………………………………………042

登官塘宝塔…………………………………………042

博鳌玉带滩漫步……………………………………042

诗意家园……………………………………………043

海南临高角谒解放纪念碑…………………………043

三代同游北大校园…………………………………043

参观文定学校………………………………………044

诗路回眸酬胡静怡老………………………………044

步刘智钧先生八十初度原韵………………………044

清明回故里小住……………………………………045

市老年大学新校区开学……………………………045

北京畅游随笔………………………………………045

谒衡阳抗战旧址陆家新屋…………………………046

衡阳市蒸湘采风行…………………………………046

梦……………………………………………………046

梨花节放歌 …………………………………………047
女侠歌兼怀南岳救孤轶事 …………………………048
励志歌赠李凌波同学 ………………………………050
党旗颂 ………………………………………………051

词

西江月·菜园情趣 ……………………………………052
沁园春·结社吟诗乐晚年 ……………………………052
如梦令·见蜡梅含苞欲放喜而得句 …………………053
鹧鸪天·参加衡阳师院国庆中秋联欢晚会 …………053
鹧鸪天·参观衡阳市蔬菜研究所 ……………………053
浣溪沙·赴武夷迷路 …………………………………054
浣溪沙·明月山顶遇雨 ………………………………054
临江仙·酬长沙吟友惠赠藏书 ………………………054
定风波·与诗友登十牛峰 ……………………………055
鹧鸪天·题露江山抗日阵亡将士纪念园 ……………055
沁园春·陈斌强孝亲尽心执教有成感动中国 ………055
清平乐·杭州西溪湿地三代偕游拾趣 ………………056
鹧鸪天·衡阳市诗词学会九代会祝词 ………………056
鹧鸪天·重读孙中山遗嘱 ……………………………057
踏莎行·缅怀昌龄诗社创始人罗立德先生 …………057
沁园春·快递小哥诗意人生 …………………………058
浣溪沙·茅台镇漫步 …………………………………058
卜算子·全栋材吟友《九秩春风》付梓 ……………059
鹧鸪天·采风途中范高潮先生教玩手机 ……………059
鹧鸪天·潮州采风陈水清会长喜逢战友 ……………060

采桑子·摹吕本中词赠别诗友 ……………………060
长相思·洛夫故居感吟 ……………………………060
忆江南·小荷二首 …………………………………061
破阵子·获评市老干部大学三星教师戏作 ………061
沁园春·赠承园主人 ………………………………061

联

自题书屋 ……………………………………………062
题耒阳竹海 …………………………………………062
题杜工部诗集 ………………………………………062
挽周念先老师 ………………………………………062
登岳阳楼怀杜甫 ……………………………………063
题彭城刘氏高岭宗祠 ………………………………063
湘江风光带拾趣 ……………………………………063
游莽山偶得 …………………………………………063
题清代老屋井堂 ……………………………………064
游江口鸟洲 …………………………………………064
大垌山礼佛酬弘隆法师 ……………………………064
诗路回眸 ……………………………………………064
题鼓浪屿 ……………………………………………065
耒阳采风怀蔡伦杜甫 ………………………………065
题岐山仁瑞寺 ………………………………………065
题郴州苏仙岭屈将室 ………………………………065

文

诗词修改漫谈 ………………………………………066
"三位一体"教授　更能学深学透 ………………070
运用习作点评　助力诗词教学 ……………………075

遗 编

凌少泉 著

诗

临蒸晚眺 …………………………………… 084
秋雨芙蓉 …………………………………… 084
校居即景 …………………………………… 084
雪柳吟 ……………………………………… 084
观洪叹二首 ………………………………… 085
桂泉吟吊彭樵桂老友二首 ………………… 085
雪夜怀友 …………………………………… 085
寻幽杂咏二首 ……………………………… 086
集词牌成诗 ………………………………… 086
秋词二首 …………………………………… 086
早发 ………………………………………… 087
落花词 ……………………………………… 087
潇湘月夜泛归舟 …………………………… 087
望雨二首 …………………………………… 087
省墓吟三首 ………………………………… 088
解放吟二首 ………………………………… 088
口占酬杨忠信同志 ………………………… 089
寿花词寄怀黄乾惕老友 …………………… 089
元旦吟二首 ………………………………… 089
八十自寿 …………………………………… 090
暮秋晚归 …………………………………… 090
和谭荣芳《明发》韵 ……………………… 090
过国清寺 …………………………………… 091

新春试笔 091
奉酬段嵝生教授并以拙著《四声辨微》就正 091
四十初度荷觞咏 092
五十述怀二首 092
和陈彦之医师六十自寿 093
岳屏春晓 093
赏菊 093
秋兴四首 094
庚辰重九马头山登高 095
琼园夜集 095
和宁某《闺怨》嵌词限韵 095
辛巳重九重登马头山宴集 096
卅九抒怀 096
退休后对菊用解放前赏菊韵 096
六十自寿二首 097
题老妻小像 097
借书吟呈曾丈荆山 098
道旁观莲 098
读书癖 098
狂歌赠狂客 099
四十初度荷觞歌 100
曾丈荆山哀词 100
名箴 101
秋怀 101
荡妇曲 102
七一自述 103

词

西江月·戴镜词 ……………………………105
南柯子·送友赴幕 …………………………105
贺新郎·负负词 ……………………………106
如梦令·代赠 ………………………………106
满庭芳·光复后中秋待月 …………………106
菩萨蛮·寄挽汤月秋先生 …………………107
蝶恋花·邂逅词 ……………………………107
西江月·度岁词 ……………………………108
浣溪沙·为小儿订婚作 ……………………108

联

集句自冠 ……………………………………109
自题书屋 ……………………………………109
自冠适园 ……………………………………109
贺某乔迁 ……………………………………109
光复新春联 …………………………………110
拟题船山墓庐 ………………………………110
赤石乡抗旱庆功会 …………………………110
代冠锦堂婚联 ………………………………110
抗美援朝文艺宣传联 ………………………111
新春联 ………………………………………111
纪病联 ………………………………………111
寄挽汪烈秋先生 ……………………………111
挽段崶生教授 ………………………………112

同盟会员陈墨西先生寿联 ……………………………… 112
渣江国庆联 …………………………………………………… 112
代挽某嫠妇 …………………………………………………… 112
词林集锦十四副 …………………………………………… 113

文

适园跋 ………………………………………………………… 116
《适园杂草》自序 ………………………………………… 117

跋语 …………………………………………………………… 119
后记 …………………………………………………………… 127
凌明明诗文刊载要录 …………………………………… 130
凌少泉诗联刊载要录 …………………………………… 132

勤学苦耕　诗梦成真
——《适园诗文选》读后

旷瑜炎

我和凌明明先生有缘生活在同一座城市,又有幸同在一个诗词组织里共事。朋友圈中,他属于那种见面无须寒暄,交往无须紧密,却在心里时不时被惦念着的友人。他待人悃愊无华,斯文儒雅,和蔼可亲。尤其让我敬重的是,他对传统诗词文化的热爱与追求,那是近乎上了"瘾"、入了"魔"的状态。近日,他送来了他与先君凌少泉先生合著的《适园诗文选》书稿,嘱我写点文字。因人老眼拙,反应迟钝,花了十余天才把书稿读完。书稿令人爱不忍释,让我惊喜,使我深深陶醉于其蕴藉的风致、空灵的意境与流美的韵律。我以为,这是衡州诗坛上一束由凌家父子二人辛勤耕耘出来的香花,是目前层出不穷的诗词出版物中少有的好作品。

读书成癖,一生追梦,是亮点之一。

请看古风二首。

第一首凌明明的《梦》:"少年追梦倔似驴,忍痛废学不废书。书胜佳酿融百味,神交先贤乐三余。学浅书深费疑猜,慈父把手拨迷霾。对句初识诗中趣,隔空遥望柏梁台。

身系家国责在肩,积学敬业两难全。插针觅缝沙成塔,爬坡过坎步履坚。老随儿女学府住,馆阁藏书不知数。顺风顺水好行船,踵接儿时寻春路。日听讲座夜敲诗,身自健兮神自怡。随意摄取眼前景,信手描成竹枝词。格调平平兴致高,立雪磨针不辞劳。巧融小我于大我,风生笔底起波涛。燕山粤海诗似锦,迎春初绽鹅黄嫩。喜趁东风中雀屏,荒圃倍感时雨润。剪影疏淡世路长,滴水照出七色光。梦境成诗诗盈室,诗情入梦梦更香!"

第二首凌少泉的《读书癖》:"平生素有读书癖,一日无书心不怿。奇书到手胜千金,探奥研微忘寝食。窥户有客来揶揄:咿唔万卷何所需?枵腹莫饱贫莫疗,徒耗精力诚何愚?我闻客言发长叹,此道尔其门外汉。读书专为利禄谋,无乃狃于习俗见。文教不兴治何由?弱肉强食苦争战。即如雪耻复国仇,生聚教训功各半。岂谓弱种缘文字,蒙元失国又何事?须知六朝荒淫自足亡,读书原未得精义。又况书中自有千钟良非虚,稽古桓荣乐何如?若乃饱食终日此心无所用,不较博弈犹贤乎?于是俗客悄然无语竦然退,坐拥百城南面不易我还读我书!"

凌家父子都实实在在地亲历过国家动乱与贫穷的年代。当年家庭并不富足,他们并非学府教授、坛坫诗人,而是属于社会基层的小知识分子。凌少泉先生平生以教书为业,与诗书为伴,"我生浊世,自适清贫","以教为学,唯善是从"。凌明明受父亲影响,16岁那年,就成为村里(当时叫生产大队)的一名耕读小学教师,后来加入村里和区里的"文艺宣传队",有时自编自演一些当时流行的"快板""三句半"之类的小节目,其父帮助他修改作品并教他"押韵"与"平仄"之类的知识。这些知识实际上就是诗词格律方面的学问。这些看来不起眼的事情,却在这个青年的心里种下了"诗词"的种子。因为心里有了这颗"诗词的种子",凌明明就利用一切可以利用的时间来读诗、读书,不断地充实自己,为这颗"诗词的种子"贮存养分。一个人可以没有权势和金钱,但不可以没有自己的志向与抱负。所以,他十分庆幸找到了属于自己的正确位置,庆幸自己等来了国家的好时代,盼来了天时地利人和的美好岁月,埋在心中的那颗由父亲播下的"诗词的种子",迅速生根,发芽,茁壮成长。特别是晚年随儿女移居衡阳师范学院后,他加入该院夕照明诗社,系统地学习诗词,并华丽转身,由学员变成教师。近十年来,他先后在夕照明诗社、昌龄诗社、市老干部大学教授诗词课,并自编教材,还编制了"诗词欣赏与创作"课程教学大纲。近年,他本人的诗词作品在《中华诗词》《当代诗词》等各级诗词刊物上频频刊出并获得好评。其实,天下的好作品,都是反复打磨出来的。一部优秀的文学著作,是作者反复磨荡、细心抒写出来的。一首好诗,也是诗人精心积淀、千雕万琢打磨出来的。只有这样,才能写出让人耐心品味与激赏的诗作。请读一读他的《月夜漫吟》:"莫道蜗居小,清吟自不妨。酒酣人倚榻,梦醒月临窗。灿灿心灯亮,悠悠韵味长。迟眠怜老伴,蹑脚进书房。"

再读一读他的《学诗三首》其一、其二："圈圈点点乱涂鸦，四韵拼成日已斜。对句难调平与仄，高楼独上望天涯。""天高路远意如何？沾上诗缘便着魔。衣带渐宽终不悔，顽童虽老梦犹多。"

凌明明先生退休以来一直学习不辍，追梦不息，真是孜孜不倦，废寝忘食，"衣带渐宽终不悔"。

忧患意识，家国情怀，是亮点之二。

诗与词都是抒情的载体。诗人多属于性情中人，真正的诗人肯定是爱国的、爱家的。凌家父子均是多情、真情的人，他们常用诗词来表达对祖国、对家人浓浓的爱意。请看凌明明的《鹧鸪天·题露江山抗日阵亡将士纪念园》："一到陵园百感陈。当年血火忆犹新。酒中带泪浇碑石，顶上悬钟警世人。驱贼寇，靖烟尘。露江依旧四时春。大刀曲奏群山应，浩气凝成华夏魂。"

在抗战胜利70周年之际，为纪念长沙会战中牺牲的英烈，弘扬他们英勇抗日的爱国主义精神，我们必须牢记历史，继承传统，增强使命感，但愿"浩气凝成华夏魂"，永葆祖国"四时春"。

凌少泉先生在抗日烽火最浓的1940年，就写出了七律《庚辰重九马头山登高》："家乡形胜著黄冈，天马凌空气自昂。此日登临怀渺渺，连天烽火感茫茫。悲秋空续骚人赋，华夏岂容倭寇狂。安得钱王千万弩，江潮不射射扶桑。"

凌家父子都具有一颗强烈的爱国之心。他们深知，没有国,何谈有家呢!

凌明明先生是一位具有强烈亲情感的人。他有一个和睦、幸福而温馨的家,他深爱着家中的每一个成员,对孙辈的爱尤其浓烈。请读读他这几首诗。

第一首《蜗居小唱》:"凭栏听鸟晓风徐,瑞气盈庭意自舒。老宅更新娱晚景,童心依旧乐三余。房前种菜常挥汗,户外寻幽好读书。品菊谈诗邀靖节,篱东能饮一杯乎?"

凭栏听鸟声,瑞气盈庭除,老来娱晚景,童心乐三余,种菜、读书、品菊、饮酒,这是多么爽心惬意的一幅幸福的生活画面啊!谁会不羡慕作者这样的小家庭呢?不是"陶公"胜似"陶公"。

凌明明先生在儿孙们的成长上也是下足了功夫,用尽了心血,对他们疼爱有加。

第二首《祖孙联吟》:"背诗接句过家家,对打勾勾错打叉。春雨无声滋净土,庭前小树绽新芽。"

这首七绝28个字,记录了祖孙读书、学诗的生动场景。同时勾画出一幅"寓教于乐"的祖孙游戏图。真是有趣有味,情笃意深。

第三首《三代同游北大校园》:"燕园美境叹无双,虚实相生寄意长。湖漾清波涵塔影,塔迎晓日灿湖光。红楼古朴风云涌,翰苑清新桃李芳。背景旁搜缘有梦,白头含笑抚孙郎。"

带上妻子、儿孙,一大家子参观京华名校,既是全家的愿望,更是作者的良苦用心,诚望孙子发奋读书,日后能成为一名名校学子。

热爱生活,寄情山水,是亮点之三。

记得宋代词人沈蔚有首《天仙子》云:"景物因人成胜概,满目更无尘可碍。等闲帘幕小栏干,衣未解,心先快。明月清风如有待。谁信门前车马隘,别是人间闲世界。坐中无物不清凉,山一带,水一派。流水白云长自在。"可谓写足了山水游赏之乐趣。凌家父子二人均热爱山水,常登山临水,访古寻幽,以这种闲情逸致的生活方式健体魄、开眼界、净心灵,启迪自己的创作灵感,并获得了很大的审美愉悦。请读凌明明的七绝四首:

第一首《天门山玻璃桥上戏作》:"一线桥横百丈巅,天门未锁好参禅。寒潭颠倒众生相,头顶波摇脚底天。"

第二首《千岛湖环山路上》:"烟屿遥看有若无,波光映日碧成朱。盖头未揭心先醉,信是人间第一湖。"

第三首《舟行千岛湖》:"山围水泊水围山,鸥鹭翻飞绕画船。岛影移时诗境出,一轮红日破寒烟。"

第四首《咏德天跨国大瀑布二首》其一:"山泉汩汩汇成溪,出境还乡自有期。千里奔流滋沃野,归春河畔绿参差。"

四首七绝,抒写了三个地域的三个景点,创造了灵山异水、彩梦能飞的诗章,让人读后神观飞越,目醉心迷。

明代著名思想家、文学家王阳明游南镇时,一友指宫中花树问曰:"天下无心外之物,如此花树,在深山中自开自落,于我心亦何相关?"阳明先生云:"尔未看此花时,此花与尔心同归于寂;尔来看此花时,则此花颜色一时明白起来。便知此花不在尔的心外。"可见诗人、画家以山川为境,山川亦以诗为境。所谓外师造化,中得心源,乃是诗画艺术成功之秘诀。诗人、画家的天才作品就在于能对其审美对象——苍山秀树、活水阔石之外,别构一种灵寄,因而创造了"景物因人成胜概"的境界。

2023年夏初,衡阳市诗词学会组织全市理事到本市蒸湘区采风,他写了一首《衡阳市蒸湘采风行》:"夏日驱车入竹乡,溪云漠漠晓风凉。遥看雨母山含翠,细品池荷水带香。夹岸蛙声歌岁稔,横天雁阵列诗行。截图随意无须剪,一路吟来兴味长。"

这首七律,首联开门见山,"夏日""晓风"点明时间,"溪云漠漠"描摹环境。中间两联紧承上联,颔联先写静景,"山含翠"是"遥看","水带香"须"细品"。两句同中有异,景中有情。颈联再写动景,作者由"蛙声""雁阵"联想到"岁稔""诗行",颇有韵外之致。尾联用"截图随意无须剪"总括览胜的"随意"舒爽。最后以"一路吟来兴味长"作结,从容地把一天的采风记录了下来,风景是美好的,心情是愉悦的。

早在1921年,时年18岁的凌少泉,就写下了七绝《寻幽杂咏二首》:"为寻古寺入深林,谁识林深寺更深。曲径云迷无问处,一声清磬出遥岑。扳藤附葛上层峦,乘兴浑忘步履艰。林静风清尘俗远,此身疑到白云间。"

当年意气风发的小青年，喜欢寻幽探胜，常常到大自然中去感受其勃勃生机，品味其神奇景致，领悟宇宙无穷变化之美，从而放下尘累，获得心灵的慰藉与救赎。

总之，《适园诗文选》亮点纷呈，不再一一赘述。凌家祖迁衡阳渣江居住，此乃蒸湘之域，湖湘文化较为发达之地，人杰地灵，大儒迭起。文化是民族的血脉、人民的精神家园。中国精神是实现中华民族伟大复兴中国梦不可或缺的精神支撑。特别是在当前这个伟大时代，更需要有优美的传统诗词作品来提升人们的道德与审美高度，抵御销蚀人们意志的腐朽文化的侵袭，鼓舞人们奋勇前行。凌明明先生父子合著的《适园诗文选》，正是服膺这一目标的作品。希望它能获得读者的认同。

（作者为文坛老前辈、衡阳市人大常委会原副主任）

平民史诗的生动呈现
——读凌少泉、凌明明父子诗文合集《适园诗文选》

任东华

20世纪是个风云激荡的时代，涌现了无数英雄豪杰。他们以超卓的才华、坚韧不拔的毅力和九死而不悔的信仰，创造了轰轰烈烈的业绩，将自己的名字，深深地镌印在时间和历史的影壁上。不论是壮志未酬，还是功成名就，他们都度过了或叱咤风云，或轰轰烈烈的光辉一生。他们巨大的背影，构成了20世纪历史的基本骨架。然而，在历史的细节上、皱褶处和主体构成方面，却是无数芸芸众生。他们在时代的浪潮中，不断地俯仰沉浮，或者奋发有为，或者随遇而安，或者忍辱负重，或者醉生梦死。他们以自己的酸甜苦辣、爱恨情仇、生老病死，演绎着芸芸众生的平凡或者坎坷。有的人如船过水无痕，仿佛不曾出现过。而有的人，则依恃个体的责任与担当，加上丰厚的文化功底，以及源源不断的创造活力，将其所生活、所经历、所感动、所观察、所审视的，如实地记录下来。他们仿佛以"众筹"的方式，力图全方位地展示历史的本来面目；以微小、部分与片段的笔墨，如实地记载了普通老百姓生命、生活与生存的平均值。其实，在民间就有数不胜数的文化世家的子弟们，以诗词为媒介书写风云激荡中的家族传奇与岁月变迁，并在丰富多彩的历史大合唱中，显示出了其不凡的魅力,犹如家谱广布民间。在被打捞的万千文献中,凌氏父子的诗词合集《适园诗文选》自有其珍贵的精神价值和别具特色的历史与哲学意义。

一、平民百姓的"百味人生"

在为叶紫的小说集《丰收》作序时,鲁迅有点沧桑地说道:"这里的六个短篇,都是太平世界的奇闻,而现在却是极平常的事情。因为极平常,所以和我们更密切,更有大关系。作者还是一个青年,但他的经历,却抵得太平天下的顺民的一世纪的经历,在转辗的生活中,要他'为艺术而艺术',是办不到的。"叶紫是幸运的,尽管生活贫困哀苦,但他依靠满腹的才华,精确地写下了那一代人的困顿与挣扎;但对于芸芸众生而言,无论他们经历了多少苦难窘迫,却依然只能无声无息地消失在历史的长河中,仅仅只留下岁月的疼痛与沉重。但不幸中之万幸,在熙熙攘攘的人群中,仍然有许多生活在基层的知识分子,他们懂文墨、知人生,虽然没有接受过史学方面的专业训练,但却以与时代同频的复杂经验为底色,通过诗词、歌赋、家谱以及回忆录等多种形式,述写时代潮流中的一份记忆、一朵浪花,或者一个片段。在这些文字中,普通百姓作为真实的个体,在时间的烟尘中不断敞露出来、立体起来和真实起来。他们的形象不一定高大,但却是有血有肉的;他们的呼吸有烟火、接地气,无形中又成为历史的注脚与细节。无数这样的人,不断丰富着历史,他们也因此成为民间、百姓与口传历史的基本构成。而凌氏父子合撰的《适园诗文选》,就具有典型意义。其以普通百姓的喜怒哀乐为主体,呈现了不论在什么时代、什么环境条件下,老百姓的生存能力都是极其强大的。在《老马》中,臧克家隐喻了整个中华民族的坚韧性格;在《适园诗文选》中,凌氏父子也真切地触摸着、感受着、彰显着他们无穷的生命力。当然,无论是和平盛世还是风云时代,芸芸众生的情感波荡起伏,尽管有着频率、节奏与旋律的轻重缓急,但对喜怒哀乐的聚焦却是共同的。

这里有"少年追梦倔似驴,忍痛废学不废书。书胜佳酿融百味,神交先贤乐三余。学浅书深费疑猜,慈父把手拨迷霾。对句初识诗中趣,隔空遥望柏梁台"(《梦》),诗人把初涉人生、饱读诗书之情绪婉转曲折地表达出来,这种生活穿越时空,融汇着理想、期待、趣味。这里有"蔬棚飞笑语,山涧泛春潮"之乐(《春日喜晴》),诗人沉醉于春天与耕种的喜悦中,在忙碌中回归本色。这里有"背景旁搜缘有梦,白头含笑抚孙郎"(《三代同游北大校园》),诗歌事业薪火相传后继有人,老百姓的平凡人生洋溢着各种乐趣。当然,芸芸众生在日常生活中,也不得不经受各种考验,经历各种悲欢。无论是离乱还是盛世,各种祸福总会交替上演,变成人们生命的一部分。不管是伟人还是凡夫俗子,都不得不承受各种意外、打击与别离。时代的灰粒,在盛世中会沉淀下来,而在乱世中则会被放大成座座山峰。"嗟我不敏,动与时违!人或我忌,公特怜之。见则我喜,离则我思,闻公将死,犹复我期。我实为负,其又何辞?"(《曾丈荆山哀词》)将诗人对曾丈荆山的感恩、教诲、不舍,以及不得不离别的痛楚缓缓道来。其实,这种情景在人类的历史上不断上演着。但不管形态如何变迁,这份哀痛、无力与无奈却是一脉相承的。这里有"儿女频伤折,夫妻共病缠。产疾归流寓,义教警烽烟……秋兴仿杜老,怒潮空沸腾"(《七一自述》),作者以诗歌的形态,高度聚焦了人生洼地情感的底色与变奏,以及难以随遇而安的茫然与愤怒。这里有"病母呼儿,学童求教,此身怎分?借一台摩托,急驱两地;三根纽带,紧系娘身。忠孝双肩,春秋五度,历尽千难百福臻。车轮转,让书声绕室,病体回春"(《沁园春·陈斌强孝亲尽心执教有成感动中国》),通过病母/学童、摩托/纽带等意象,以及呼儿、求教与急驱、紧系等行为,不但对事主如何平衡事业与家庭、尽孝与尽忠进行了形象的描述与颂赞,而且还在无形中写出了"小人物"的伟大与不平凡。这里有"忍见兵灾又旱灾,蕨薇采尽更堪哀。水车声共饥肠转,泪汗交挥望雨来"(《望雨二首》其二),深刻地演绎了作者的苦难与焦虑,以及不得不承受的无奈。

当然,在其他作品中,还渗透着凌氏父子对生活的精微感受。身处于大时代,他们以普通人的立场,代表着无数普通人的情感与本色,烙印着普通人的生老病死,以及这种轮回所带来的种种体验。也可以说,他们以诗词的方式,写出了生命的平均呈现方式、形态与趋向。于是,人生的各种滋味充盈其间,也让我们真实地触摸到了诗人丰富与真实的情感。

二、耕读世家的怡然自得

烽火连绵、战乱频仍、社会巨变、文明冲突的20世纪,对于芸芸众生而言,生存是第一位的,然而,又是极不容易的。如同沈从文所说,"时代大力压扁屈曲"着几乎所有个体的命运,谁又能自主呢?但他们又是非常坚韧不拔的,只要有机会,他们就会付出十倍乃至百倍的努力。不仅是为了种族与血脉的延续,也是为了文化与价值的传承。在乡村社会,无数的耕读世家,以超越家族的力量,不断地引领着中华优秀传统文化在乡土社会的传承,培养出了一代又一代的乡贤,丰富并建构着芸芸众生的日常生活。这种耕读世家,既有在历代中积累的,也有在时代大潮中开创的,但无论如何,都殊途同归,成为乡土社会的文化高度、价值取向与思想引领的主要担当。这种耕读世家,在与乡土社会的拥抱、经营与沉淀中,彰显出更为突出的诗意与传奇,并深刻地聚焦乡村生活的日常状态,以及主体的真实、浪漫及抗争。

在衡岳大地的诸多耕读世家中,凌氏家族就颇为典型。其不但在接地气中坚守,还在抗争中传承,并努力在实践中打造怡然自得、岁月静好的理想生活。凌少泉作为乡村知识分子,受过正规的师范教育,先后执教过多所学校。

作为乡村少有的文化人,其平生酷爱古代诗文,因此就自然而然地养成了读书之癖。"奇书到手胜千金,探奥研微忘寝食"(《读书癖》),表达了以书润人的兴趣、习惯与追求;强烈地信奉"书中自有黄金屋,书中自有颜如玉",直接而深刻地讲述了读书与持家的辩证关系。当然,在他内心深处,也不乏寄情于自然,并力图在陶冶身心中写出"小桥流水人家"的生活。如《赏菊》:"万紫千红已敛容,风光独让占篱东。喜闻消息传新雁,漫把心情诉晚蛩。"《临蒸晚眺》:"峰霁白云净,江澄赤石浮。登临吟兴发,惊破水天秋。"《浣溪沙·为小儿订婚作》:"邻苑夭桃向日开,风传芳信到庭阶。相逢一笑两心谐。"以及《集词牌成诗》:"忆沽美酒赏花时,沉醉东风拂面吹。春意满庭芳气袭,黄昏月上海棠枝。"这些美好的诗词华章,无不隐喻着耕读世家及平民百姓修身、齐家的赤子情怀。

与父相比,凌明明生逢盛世,其作品全方位地呈现了耕读世家在新时代的风貌与内涵、眼界与境界、激情与豪迈,以及他们家族这一代人的风华。这里既有在春日辛勤劳作的农家生活,也有与家人畅游岳阳的无限风光;既有《酬钟先德老赐画赠诗》"杏坛同筑梦,艺苑巧逢公"的诗书往来,也有《访瑶寨扶贫驻村住户》"梦在聊中荡,馨随笑语浮"的旧日时光;既有《白云山庄小住》"小桥连曲径,老酒馥新楼"之闲情逸致,也有《游汨罗江屈子祠》"祠壁长铭骚客赋,江流难洗左徒冤"评史怀古之感慨;既有《晚年诗趣》"不揣平庸追大雅,居然粗粝化香醅"之孜孜以求,也有"气定神闲观世态,任他云卷与云舒"之"月夜"放歌。可以说,凌明明先生身逢幸运之时代,饱览祖国的大好河山,既歌之颂之,又喻之寄之。游历大好河山,不但使他的眼界开阔,超越小地寡思,而且使他的境界提高,在平凡中融入了豁达、智慧。字里行间,无不渗透着盛世中平民百姓的昂扬意志与踔厉奋发,以及无比的自信。

总之,从凌少泉到凌明明父子,他们不但延续了耕读世家的优秀传统,而且以诗词的形式,精心刻画出了无数个耕读世家与时俱进的轨迹与华章。

三、风云时代的家国情怀

何谓家国情怀?李斌认为:家国情怀与其说是心灵感触,毋宁说是生命自觉和家教传承。无论是《礼记》里"修身齐家治国平天下"的人文理想,还是《岳阳楼记》中"先天下之忧而忧,后天下之乐而乐"的大任担当,抑或是陆游"家祭无忘告乃翁"的忠诚执着,家国情怀从来都不只是摄人心魄的文学书写,更近乎你我内心的精神归属。那种与国家、民族休戚与共的壮怀,那种以百姓之心为心、以天下为己任的使命感,就来自那个叫作"家"的人生开始的地方。

《孟子》有言:"天下之本在国,国之本在家,家之本在身。"家是国的基础,国是家的延伸,在中国人的精神谱系里,国家与家庭、社会与个人,都是密不可分的整体。"国家好,民族好,大家才会好","小家"同"大国"同声相应、同气相求、同命相依。正因为感念个人前途与国家命运的同频共振,所以我们主动融家庭情感与爱国情感为一体,从孝亲敬老、兴家乐业的义务走向济世救民、匡扶天下的担当。家国情怀宛若川流不息的江河,流淌着民族的精神道统,滋润着每个人的精神家园。

  家庭是精神成长的沃土,家国情怀的逻辑起点在于家风的涵养、家教的养成。以正心诚意、修身齐家为基础,以治国平天下为旨归,把远大理想与个人抱负、家国情怀与人生追求熔融合一,是古人的宏愿,亦是今人传承家风和家教的本分。在传承优良家风中筑牢责任意识和担当精神,在正家风、齐家规中砥砺道德追求和理想抱负,在履行家庭义务中知晓责重山岳、公而忘私的大义,正是家风传承中所蕴藏的时代课题。

  凌氏父子作为地道的乡村知识分子,其家国情怀也通过《适园诗文选》,多方面、多层次、多形态、立体化地呈现了出来。

  首先,其家国情怀体现为强烈的爱国主义精神。如部分诗词体现了诗人父子对祖国的深厚情感,即个体与祖国不可更改的依存关系,以及诗人对自己家园、民族、文化的归属感、认同感、尊严感和荣誉感的高度统一。也可以说,诗人将个体的命运与祖国的命运紧密地连在一起,并内化为自身的根本信仰。如凌明明在《党旗颂》中,提纲挈领地记录了中国共产党的百年奋斗历程。对党旗的歌颂,其实历史性地蕴含了诗人对党百年奋斗的光辉历程的高度肯定。

在宏观方面,凌少泉的《抗美援朝文艺宣传联》:"胜利歌声,鼓舞人民斗志;健儿身手,捍卫世界和平。"《西江月·度岁词》:"解放欣逢晚岁,岁除欢度今宵。团年依旧饮春醪。思想却须改造。幸许砚田对调,喜添儿女双娇。吾乡土改谅非遥。生活将来更好。"以及《渣江国庆联》等,站在党、国家和人民的立场上,对有助于历史进步、社会发展、人民幸福的重大节日、政策等,不但予以生动的表达与高度的认同,而且还以亲历者的姿态,力图实现有效的价值增值。

其次,家国情怀还表现为对芸芸众生安居乐业的真诚歌颂。作为个体对共同体的一种体认,家国情怀的基本内涵就包括了家国同构、共同体意识和仁爱之心。其实现路径强调个人修身,重视亲情,胸怀天下。因此,在增强民族凝聚力、建设幸福家庭、提高公民意识等方面,其都有不可替代的时代价值。如《诗意家园》:"喜随儿女比邻居,时合时分信自如。艺苑同游生意满,家风轻拂晚晴舒。船回老港情无限,树发新枝乐有余。网上爷孙称好友,天边曙色入诗庐。"将新时代家和人兴、代代的幸福生活描绘得淋漓尽致。其他如《北京畅游随笔》:"春临大地花争艳,客到京华意自昂。竞上长城欣脚健,畅游北海话龙翔。"以及《海角畅想曲》与《元旦吟二首》等,无不表现了诗人在艰难困苦中乐观向上,生动地体验着强大祖国所带来的安全庇护与平民百姓的幸福安康。在盛世，无数像诗人一样的平民百姓也有幸踏遍大好河山，有机会亲身见证着祖国江山的壮丽辉煌，由此也激发了诗人的兴会无前。

最后，这种家国情怀还体现在诗人对优秀传统文化与新风尚、正面价值取向的契合及实践上。如《南岳二贤祠怀朱熹张栻》《谒湘西草堂》《女侠歌兼怀南岳救孤轶事》等，对一些符合时代潮流和历史进步方向的措施予以呈现，对历史进行"解码"。另外，诗人无论是怀古咏史，如《题郴州张学良囚禁处》《游汨罗江屈子祠》《谒衡阳抗战旧址陆家新屋》等；还是游览自然胜景，如《游南岳二首》《题岐山仁瑞寺》《自驾游岐山》等；或是诗词赏析、情操陶冶，如《集词牌成诗》《南柯子·送友赴幕》；抑或是《自题书屋》《拟题船山墓庐》等诗联，都体现了诗人的爱国主义精神深深根植于中华优秀传统文化中。

在书中，诗人还表现出了对现实的抵抗，对未来的想象。诗人始终坚持辩证的态度、正确的方向与合理的行为。概而言之，在诗词集中，凌氏父子所体现的家国情怀是多样的，他们将个体价值寄托在对国家和人民的大爱与奋斗中，既承接了以往士大夫的人文信仰及精神，又与传统的以儒家思想为核心的文化一脉相承。在个体价值与共同价值的统一中，诗人见微知著，居安思危，在岗位上不断地朝着积极、正面的方向大步前进。

四、仰望星空的人生思索

2007年5月14日,温家宝在同济大学建筑城规学院钟厅向师生们作了一个即席演讲,其中讲道:"一个民族有一些关注天空的人,他们才有希望;一个民族只是关心脚下的事情,那是没有未来的。我们的民族是大有希望的民族!我希望同学们经常地仰望天空,学会做人,学会思考,学会知识和技能,做一个关心世界和国家命运的人。"在20世纪的大变局中,中华民族历经战争、灾害等多种磨难后依然能够崛起并挺立于世界民族之林,既缘于各个民族脊梁的奋斗,也缘于——不管在如何艰难曲折中,总会有无数仰望星空的人,他们既可能是英雄豪杰,又可能是平民百姓;既有以干大事为人生最高目标的伟人,又有做好本职工作的平凡者;既有引领时代潮流的风流人物,又有始终顽强并充满期待与想象的芸芸众生。坚守朴素门风的知识分子——凌氏父子,在诗文创作中,始终以接地气的、实事求是的现实主义见长,进行了细致描摹;但同时,又聚焦于宏大主题叙事。《适园诗文选》始终贯穿着"仰望星空"的精神,富于哲理化的人生思索。

对于普通老百姓而言,吃饱喝足、养家糊口,或许就是他们的人生追求与幸福所在,"老婆孩子热炕头"就是最好的注解。然而,对于某些知识分子而言,他们的骨子里,先天地烙印着修身、齐家、治国、平天下的担当精神与责任意识。当然,也就有了对人生的不断追问与思索。追根溯源,屈原的"天问"为他们树立了根本的标杆与传统。从李白的《将进酒》、张若虚的《春江花月夜》,到卞之琳的《断章》、海子的《面朝大海,春暖花开》,无不是对人生哲理的探寻。这种与生俱来的忧患意识、求索意识与实践意识,也深深地镌刻在凌氏父子等乡村知识分子的精神传统里,并通过诗文等形式表现出来。

在《适园诗文选》里,首先,凌氏父子表现出了乡村知识分子的独立人格与高尚节操。他们善于借物喻人,以梅、菊等传统意象,以及长城、祝融峰等传统文化载体来展示其精神风貌。如《退休后对菊用解放前赏菊韵》:"三径归来认故踪,依然雅淡灿篱东。岂唯战胜风霜里,别有香凝雨露中。"赞扬菊花始终坚守品格,不为外界环境所动,真诚地保持着骨子里的高洁。如《秋雨芙蓉》:"不借春风力,独开秋雨中。芳名符利器,淬砺试霜锋。"赞扬芙蓉无论面对何种恶劣的环境,不与时俯仰,不随波逐流,敢于迎难而上,傲霜斗雪。以物拟人,也体现了诗人在面对人生逆境时积极乐观的心态。其他如《八达岭登长城》《女侠歌兼怀南岳救孤轶事》等诗词莫不如是。如《乘缆车登祝融峰》:"平步登天意气扬,机关一点便收场。空中楼阁休留恋,漫漫人生路正长。"这些诗词歌赋,不论是激情怀古还是昂扬登山,不论是借史咏人还是借物喻人,都灌注着浩然之气,都充满着老骥伏枥的奋斗精神,都内蕴着"少年意气,挥斥方遒"之豪迈,都张扬着乐观、积极、向上的正能量。

其次,诗人还抒发了生命有限、时光无限的感慨。正如张若虚在《春江花月夜》中所感叹的:"江畔何人初见月?江月何年初照人?人生代代无穷已,江月年年望相似。不知江月待何人,但见长江送流水。"面对着有限的生命,诗人只能以无限感慨系之。如《秋兴四首》之一:"流亡满目伤时难,节序惊心感鬓华。"之二:"转瞬琼楼成瓦砾,伤心枯骨满蒿莱。"之四:"请缨无路心犹壮,投笔有怀志未酬。"等等,无不显示出个体在面对现实时的困顿与无力。这种困顿与无力,是具体的、直接的,也是难以解决的。在种种"两难"当中,诗人父子对生命的思考、触摸与感受就极为敏锐,警醒着人们重视生命的有限与真实,表达出对生命的无限珍惜之情。

而在《市老年大学新校区开学》《甲午元日》《喜得阔别多年老友手机号》《步刘智钧先生八十初度原韵》等诗词中,诗人父子通过描写岁月的喧嚣与繁华,将人生价值与意义生动地凸显出来。或者说,生命虽然是有限的,但可以将生活过得更充实、丰富和有内涵一些。另外,在《三代同游北大校园》《与诗词班学员共勉》《鹧鸪天·衡阳市诗词学会九代会祝词》《鹧鸪天·采风途中范高潮先生教玩手机》等诗词中,诗人兴会无前,不但在幸福时光中精心地镌刻了生生不息、生命不止,而且还坚定了对未来的信心等。

概而言之,《适园诗文选》书写百年风云,凌氏父子以个人化的形式,以诗词歌赋为手段,展现了20世纪历史的若干侧面、若干场景及若干情绪,款款地演绎了乡村知识分子对人生的探索及其哲学追求。

五、艺术追求及其他

  凌氏父子的诗词写作,有长期的实践,也有精心的经营。尤为可贵的是,他们都是乡村少有的文化人,如凌少泉先生平生以教书为业,与诗书为伴,诗联辞赋都有涉及。而凌明明先生从上学之时开始背诗,学习格律知识,做过教书、文艺宣传等工作,进行诗词创作,晚年移居地方高校后,先后参加夕照明诗社与衡阳市诗词学会,并参与编辑诗词刊物,教授诗词课程。这些都显示出他们深厚的家学传统与诗词创作渊源。尤其是他们充满内涵与张力的人生,更有助于其诗词创作,并促使作品达到了更高的境界。

  首先,在风格方面,凌氏父子的诗词创作是一脉相承的,在婉约中有豪迈,在清丽中有鲜艳,在明快中有含蓄,在质朴中有绚烂,在淡雅中有壮美,在温情中有张扬。可以说,既有乡村田园风格,又夹杂了多种其他元素,从而使诗词创作艺术风格不断变化,产生了移形换景之效果。这种张力,也使其诗词创作充满了内在的韵味与回声。同时,诗人还把这种风格追求在诗词教学中予以推广普及。如凌明明先生对《郊行》(刘作良)的点评:

  这首七律自然流畅,清新脱俗。首句紧扣主题,"三月芳郊"点明郊行的时间、地点;次句"湖山过雨",补足上句"逸情"句意。让读者充满期待,跟随作者一路"郊行",赏景览胜。

  写景是山水诗的重点,也是这首诗的亮点。这首诗中间两联都是写景,却有动静之别、主客之分。颔联互文见义:"花香""草翠"气息浓郁,色彩鲜明;"风馥""露生"静中有动;"逐""从"二字,既有时间顺序,又有空间跨度。颈联丰富多彩:"闲时观蝶""闹处听莺",细腻优雅,体情入微;"犹喜""不妨",轻重有别,耐人寻味。颔联侧重在景,颈联侧重于情。

诗的前三联起承有度,精彩纷呈,最后如何收尾,决定了这首山水诗的立意高度。作者似乎早有准备,于第七句笔锋一转,指出郊行的最高境界——"寻春不可无诗意",最后以"得句还须陇上行"作结。因为只有"登高望远",才能激发灵感,创作出更好的诗篇。

通过将"经典赏析"与"创作实践"相结合,这首《郊行》的"修改版"在湖南省诗词协会精品选刊《诗国前沿》的副刊发表。诗人的诗词风格追求得到了更为广泛的认可。

其次,在表达技巧方面,诗人不论面对何种对象,都会有意识地运用比喻、比拟、夸张、对偶、反问、双关等修辞手法,将不同的意象进行创造式的排列、组合、剪辑、融汇,从而不断地开拓新风景、新境界、新意义,将平凡的对象变换成源源不断的意义"母体",读者阅读时犹如翻山越岭,不断柳暗花明,从而美不胜收。同时,凌明明先生还特别强调,对于学习诗词创作的人而言,这种表达技巧应有助于诗词传承的"古为今用",要将弘扬传统文化与倡导时代新风结合起来。

比如,讲到范仲淹《渔家傲·秋思》中的"燕然未勒归无计"时，可以把当代军旅歌曲中现代军人"既然来当兵，就知责任大"的壮烈情怀，与范仲淹为国戍边、长夜不寐的忧患意识联系起来进行比较。讲到张九龄的五言律诗《望月怀远》时，可以把"海上生明月，天涯共此时"的意境与当代经典歌曲中"十五的月亮，照在家乡，照在边关，宁静的夜晚，你也思念，我也思念"的意境结合起来展开联想。这样做能让学生融入古典诗词特定的氛围中，理解作者当时的心境，以获得更好的课堂效果。

再次，在创作方法方面，诗人不断地用到情景交融、对比烘托、比兴象征、托物言志，并恰当用典、注重细节、聚焦白描等，使诗词往往出现味外之意、意外之旨等效果。

最后，在语言方面，诗人还特别注重对诗眼、词眼的打磨，以充分发挥诗眼、词眼在整首诗词中的作用，颇有韩愈"推敲"之妙。凌明明先生认为：

> 诗作经过修改，意境得到升华，哪怕是"一字之别"，也能让你产生许多联想而从中受益。比如，笔者有一首《西江月·菜园情趣》，最后两句原为"宾朋相与品时鲜，别有诗情一片"，承《湖南诗词》编辑胡静怡老师改为"别有诗情一串"。一个"串"字，让人联想到园中蔬果"串串"，与宾朋共享的生动画面。还有一首律诗《游汨罗江屈子祠》，颈联原为"行吟一曲抒孤愤，求索千巡感昊天"，承《衡州诗词》主编陈中寅老师改为"求索千程感昊天"。"程"字作量词，更熟稔也更贴切，又与屈原心中修远的"路程"相契合。真正起到了"画龙点睛"之用。

在中华大地上,在乡村知识分子群体里,在无数从事诗词联赋创作的诗人队伍中,凌氏父子的《适园诗文选》,因其独特性、典型性与样本性,在地方文化的绵延传承中,不但发挥着不可替代的推广普及作用,而且还能够被地方志及文学史深刻地铭记。

参考文献:

①鲁迅:《叶紫作〈丰收〉序》,《丰收》初版本,上海容光书局,1935年。

②李斌:《家国情怀是立生养德之本》,《人民日报》2016年1月20日。

③凌明明:《运用习作点评,助力诗词教学》,《老年教育·老年大学》2023年第8期。

④凌明明:《"三位一体"讲授,更易学深学透》,《老年教育·老年大学》2023年第2期。

⑤凌明明:《诗词修改漫谈》,《湖南诗词》2014年第1期。

(作者时为衡阳师范学院文学院院长)

新编

凌明明 著

诗 167 首

词 26 首

联 16 副

文 3 篇

诗

新农村剪影二首

客到农家院,观光步履轻。
鼠标连四海,山货进京城。

壁上诗书雅,杯中米酒醇。
临行留合影,分得一枝春。

十月杂咏

陌头桐叶落,篱畔菊花开。
霜冷蛩声寂,风清雁阵来。

喜读《蒸水诗词》

游子乡情重,清词韵味长。
吟哦怀故土,掩卷惜余香。

冬日偶得二首

草凋根尚健，树老干弥坚。
绿殒冰霜下，芳魂应未眠。

东山残雪里，日懒路人稀。
自笑行吟者，迟迟不肯归。

游常宁印山三首

峰高云漠漠，涧曲水潺潺。
欲解其中味，层峦次第攀。

谁把天然景，凝为笔下春。
方圆融万象，千古印痕新。

鬼斧开仙境，诗情入画图。
晚归霞焕彩，满眼璧联珠。

鼓浪屿远眺

林茂楼依树,潮平海接天。
鸥随游艇去,桥在半空悬。

南岳二贤祠即兴

日影融松韵,泉声绕啸台。
古祠颓又复,客至庆云开。

车过奉节望白帝城

太白诗长诵,休吟蜀道难。
时清天路畅,胸共水云宽。

题耒河武侯祠

蜀相襟怀壮,山祠景色幽。
长联融万象,羽扇舞千秋。

湖光岩即兴二首

舟从亭畔过,画在镜头中。
湖水连天碧,山花映日红。

岩前三五叟,含笑钓苍波。
撩动休闲客,同吟水调歌。

琼州海峡舟上远眺

飒飒风生耳,茫茫水接天。
船行诗未就,鹤发任风掀。

茶山坳梨园剪影二首

谁将天外雪,化作眼前春。
莫道姿容淡,飘然不染尘。

霞飞花影灿,风动暗香浮。
俗客迷仙境,诗成意未休。

旁听诗词讲座

迁居乍觉亲朋远，得近程门却自欣。
聚散随缘安淡泊，喜听耆宿说诗文。

王际寿老师为我点评习作

洋洋如坐春风里，竟日谈诗教益深。
几度推敲来复去，倾心点拨铁成金。

参观衡东县庭院诗墙

石刻方圆生妙趣，雕墙小巧见巍峨。
从头品读余音绕，锦句奇书不在多。

观油画《东渡黄河》

浪涌舟飞气势宏，转场战马向天鸣。
东风起处红旗展，尺幅深藏百万兵。

回老家井塘二首

伫立长堤忆少年,纵横水上笑声喧。
久违莫讶河塘窄,梦里常游天地宽。

堂中井水美滋滋,游子归来畅饮时。
乡恋如泉流不尽,故园春色入新诗。

学诗三首

圈圈点点乱涂鸦,四韵拼成日已斜。
对句难调平与仄,高楼独上望天涯。

天高路远意如何?沾上诗缘便着魔。
衣带渐宽终不悔,顽童虽老梦犹多。

吟哦不爽诗重改,江畔徐行月影寒。
众里寻她千百度,何时笔底起波澜?

乘缆车登祝融峰

平步登天意气扬,机关一点便收场。
空中楼阁休留恋,漫漫人生路正长。

八达岭登长城

历尽沧桑气自雄,难寻刀剑旧时踪。
关城卸下千钧锁,四海宾朋一笑逢。

罗荣桓元帅故里行二首

书斋长伴练功房,翰墨凝香剑气藏。
赤子当年身许国,春雷带雨起湖湘。

丰碑矗立大山头,故国风光一望收。
草绿花红人已杳,英雄浩气贯千秋。

元日接吟友短信

贺年习俗喜更新,爆竹稀疏短信频。
地冻天寒心意暖,骚人传递一枝春。

快乐晚年竹枝词四首

荒丘垦复菜成畦,篱畔雄鸡喔喔啼。
生意盎然风送爽,桃花源里夕阳迟。

手捧稿酬沉甸甸,区区三十胜三千。
心潮喜共春潮涌,说是书痴也爱钱。

京腔京韵自多情,听得兴来哼几声。
老伴回眸同击节,荧屏内外喜盈盈。

二胡随手起狂飙,《赛马》场中意自豪。
人到老来心气定,琴声舒缓伴《良宵》。

雁峰公园漫步二首

首峰乍看似寻常,几缕清风拂小冈。
山不在高缘有雁,骚人题咏阁留香。

莫道眼前无雁影,石雕展翅向苍穹。
年年相约云中客,共享江城绿映红。

卧龙谷听溪

缆车直上翠微巅,信步寻幽意自闲。
乱石嵯峨横峡谷,溪声激越满空山。

自驾郊游偶得二首

流水潺潺山道弯,祖孙呼应上层峦。
蓬榛半掩疑无路,石罅中开别有天。

戴月归来兴未阑,痴心犹在白云边。
素描莫道诗情淡,信口吟哦韵味鲜。

乘观光车登神农顶二首

路自盘旋景自移，玉峰遥指认依稀。
吟眸半被车窗锁，遐想无拘任意飞。

莫道老来游兴减，登高顿觉画图新。
心田孕育诗千首，云海翻腾日一轮。

宿张家界梓木山庄

清风伴我倚晴轩，远看苍山近听泉。
莫讶幽居仙气绕，木楼镶在白云边。

采风车中二首

一阵晨风过稻田，霎时翠浪满晴川。
溪云舒卷车窗外，树退村移我向前。

远峰断壁接霞光，山路弯弯溪水长。
谁说秋霜无创意，枫含醉色菊含香。

千岛湖环山路上

烟屿遥看有若无，波光映日碧成朱。
盖头未揭心先醉，信是人间第一湖。

舟行千岛湖

山围水泊水围山，鸥鹭翻飞绕画船。
岛影移时诗境出，一轮红日破寒烟。

莲湖雅集主持人命我首吟

白头含笑上歌台，大幕中分梦境开。
随意抛砖遥引玉，喜看高手抱琴来。

厦门道中得句

云气清新山色嘉，绿蕉黄橘映红霞。
车窗次第舒长卷，一路歌吟向海涯。

桐城六尺巷观感

深巷幽居见一斑,新楼迭起旧痕残。
手摩碑石读诗束,顿觉眼前天地宽。

寒山寺闻游客付钱敲钟

来寻张继诗中景,忽听寒山寺里钟。
诗意无形钟有价,此声可与古时同?

天门山玻璃桥上戏作

一线桥横百丈巅,天门未锁好参禅。
寒潭颠倒众生相,头顶波摇脚底天。

重访衡东县委大院

五十年前初志在,平房未改旧时风。
高楼迭起频添彩,万绿群中一帜红。

注:衡东县委大院建于1970年,是四栋两层平房。今天县城公园遍布,县委大院却一直未变。《人民日报》曾予报道。

咏德天跨国大瀑布二首

山泉汩汩汇成溪,出境还乡自有期。
千里奔流滋沃野,归春河畔绿参差。

突逢绝壁横归路,趁势翻腾下碧巅。
所向无争缘有意,化成飞练半空悬。

公交低头族

自在逍遥憨态新,手机在握乐津津。
管他座畔病残老,只看屏幕不看人。

双水湾即兴

芳园喜迓八方客,野渡舟横双水湾。
古韵新潮融一体,茅檐低小楚天宽。

乌蒙大草原偶得

轻车笑语入彝乡,水汽氤氲扑面凉。
莫叹草原成雾海,牧歌声里有诗香。

武功山登顶途中

白头止步半山巅,道是无缘却有缘。
扑面风来岚影散,杖藜随意听流泉。

赞曾泰明老师诗词书法班二首

几张课桌几群娃,都是园中解语花。
小小书斋传大道,写天写地写中华。

诗书相伴室生香,默默耕耘岁月长。
试问先生何所得?心中有梦寿而康。

中秋夜望台海

阳明山上千重锦,日月潭中万顷波。
相映生辉因月满,奈何峡浅别情多!

茅台古镇漫步二首

幽径花香带酒香,小楼层叠对斜阳。
茅台未品心先醉,云岭葱茏赤水长。

夜放华灯楼焕彩,江涵倒影景尤奇。
虹桥半拱成圆拱,妙境如诗不用题。

三角梅苞片似花生意盎然

试看枝头绿映红,含苞挺秀小楼东。
是花是叶无须计,点亮春光诗意同。

祖孙联吟

背诗接句过家家，对打勾勾错打叉。
春雨无声滋净土，庭前小树绽新芽。

三亚鹿回头山顶公园即兴

清风伴我上山来，半掩瑶图顷刻开。
四望新城楼接海，石雕颔首笑盈腮。

三亚采风行

拼车追梦乐无涯，三角梅开一路花。
南国椰风融海韵，客穿棉袄主穿纱。

题浙江温州瓯江江心屿东塔

塔上何时生碧树，笑中带泪溯前因。
枝摇日影梢如盖，谁悉当年风雨频？

注：该塔建于唐。清末《中英烟台条约》签订后，英国在塔畔建领事馆，强迫温州当局拆除塔顶。后无顶塔内自生榕树。

游白莲水库

日映波心岚影散,山沉泽国鸟声喧。
游船摇得诗情动,宾主凭窗说白莲。

海角畅想曲

天涯石下望天涯,一片波涛万缕霞。
莫道苍茫无所系,新潮涌处是三沙。

谒文昌孔庙有感二首

椰风伴我绕雕墙,大庙无门缘哪桩?
四海客来同一问,导游含笑说文昌。

荒陬何日破天荒?建庙虚留白璧墙。
相守年年人不倦,时来层出状元郎。

注:文昌孔庙只有两个侧门,缘于文昌人立誓,文昌未出状元孔庙就不开大门。近年该庙举办文理状元大赛兴教助学。

与诗词班学员共勉

海上无风涛自涌,心中有梦老犹忙。
吟鞭敲出平平仄,一路欢歌向远方。

回乡即景

春满故园花满蹊,走村串户不沾泥。
童年莫道无寻处,鸟唱依然高复低。

游湖南衡南江口鸟洲

轻舟载梦入蓬莱,清气沁脾霞映腮。
鸟影恰随云影动,心花喜共浪花开。

游南岳老圣殿

庙宇峥嵘天柱新,清风为我拂嚣尘。
白头无意沾仙气,却爱南山满目春。

宿南澳岛黄金海岸晨眺

何处清音惹客痴？波光渺渺日迟迟。
无须着意寻天籁，是水是风皆入诗。

钦州三娘湾逛海

鸥飞鱼跃浪生花，扑面风来画影斜。
人与海豚同起舞，轻舟到处笑声哗。

酬弘隆方丈步韵和诗

庙宇峥嵘远树齐，游人回首望阳西。
诗融瑞霭传禅道，说是无题胜有题。

原韵再酬弘隆方丈

高风堪与白云齐，漫步同吟阆苑西。
撩起诗情人不倦，隔空相望赋新题。

望天台峰

谒罢贤祠望碧空,此峰不与众峰同。
琼瑶嵌在卿云里,日月增辉气自雄!

衡山东湖诗会

岳北雏鹰排雁阵,龙池碧水入湘流。
湖山有约骚人醉,别样风情笔底收。

石山茶场观光遇雨

漫天迷雾锁芳容,况值山巅雨带风。
莫道情深缘分浅,随心畅想味无穷。

蔡伦竹海怀古

耒水长流岁月迁,山中遗迹任流连。
痴心欲问蔡侯纸,推进文明多少年?

四明山碧翠湖畔小憩

鱼戏晴波荷作伞,风摇岸柳绣成堆。
动中意趣静中得,不用寻诗诗自来。

登合江亭

万里云空排雁阵,千年石鼓枕湘流。
涛声不息书声远,春满江城霞满楼。

于双全村部用多媒体讲诗词

屏光闪闪国风扬,喜借华堂作课堂。
自信抛砖能引玉,老夫聊发少年狂。

夜读诗友生态茶园采风"美篇"

云山漠漠开仙境,梯土层层接远天。
微信群中诗意满,绿纱窗上月华妍。

龙塘山庄客居早起

山环水抱花添锦,野旷庭幽意自舒。
红日临窗深睡起,林荫道上晓风徐。

荷塘写景遇雨

白头对雨开红伞,绿叶摇风戏碧澜。
涤净尘埃清若水,诗中妙境画中看。

旷会长《暮色苍茫》新书首发

千年寿岳百年松,土沃根深气自雄。
暮色苍茫诗意满,奇观醉煞白头翁。

红叶

云山深处风盈袖,绿叶经霜红间黄。
浓淡平奇皆入韵,珍藏斗室伴书香。

春日喜晴

临窗惊柳色,信步向南郊。
篱畔熏风至,心中块垒消。
蔬棚飞笑语,山涧泛春潮。
拱手询农事,同声颂舜尧。

月夜漫吟

莫道蜗居小,清吟自不妨。
酒酣人倚榻,梦醒月临窗。
灿灿心灯亮,悠悠韵味长。
迟眠怜老伴,蹑脚进书房。

与家人游岳阳

盛世巴陵道,偕游兴味遒。
车驰芦苇岸,浪拍木兰舟。
览胜怀先哲,登高豁远眸。
范公忧乐赋,气壮岳阳楼。

迎春花

手植黄芽嫩,天工造化奇。
寒霜凝傲骨,倩影入清池。
飘逸风中舞,痴迷月下窥。
露随香气溢,点点竞催诗。

酬钟先德老赐画赠诗

位高无傲气,笔老有雄风。
画共诗情壮,诗催画意浓。
杏坛同筑梦,艺苑巧逢公。
喜结忘年友,联吟夕照红。

从张家界一线天下峡谷

初惊天路险,举步俗尘消。
栈道连山隘,兰舟傍石桥。
鸟鸣幽涧树,客汇武陵潮。
处处融诗韵,何须刻意描。

游荔浦宿八卦山庄

山川融卦象,和合几经年?
时雨滋春浦,奇岩隐洞天。
风随朱鸟唱,客傍白云眠。
大道当能悟,陶然不羡仙。

恩施农庄早起

山环楼拥翠,露润晓风凉。
信步穿花圃,沉吟对柳塘。
人来鱼影遁,谷应鸟声长。
唤起儿时梦,他乡认故乡。

吉湘林带伤救火

从警心怀壮,亲民誉望隆。
扶危存大义,排险建奇功。
铁汉带伤搏,金徽耀眼红。
病房花束满,回雁唱英雄。

参加衡阳县诗乡授牌

故里悬金匾,随行意自豪。
船山藏古柏,蒸水绽新桃。
雅调应时谱,瑶琴信手操。
情深胆尤壮,不怯柏台高。

访瑶寨扶贫驻村住户

应邀回旧地,剪影颂金秋。
散鸭成棚鸭,耕牛作种牛。
业专科技重,书杂夜窗幽。
梦在聊中荡,馨随笑语浮。

过矮寨大桥

谁架云天渡,飘然诗意生。
轻车驰矮寨,骚客话边城。
岂独山川美,犹夸篋笥盈。
芳洲寻翠翠,喋喋诉衷情。

注:篋笥,藏物竹器。翠翠,沈从文小说《边城》中的人物。

谒中山陵

拾级层层望,晴峰接莽苍。
英雄归净土,世代拜青冈。
黄埔波澜阔,翠亨花草香。
九州承德泽,续梦启新航。

相公堡怀诸葛亮

溯源询老叟,备说相公贤。
开埠通蒸耒,亲民减赋捐。
舟行财路畅,浪卷岁时迁。
回望屯兵处,霞飞山更妍。

何象贤老诗词续编付梓

兴来同酌酒,笔落便成诗。
石鼓生重浪,云山添秀枝。
言情歌自雅,警世语尤奇。
莫道星星火,长燃信不疑。

白云山庄小住

超然尘世外,喜逐白云游。
春暖苔痕醒,风清岚影浮。
小桥连曲径,老酒馥新楼。
宾主聊今昔,更阑意未休。

农庄晚步

深山藏秀色,览胜喜新晴。
习习风梳柳,翩翩鸟唱樱。
云开天幕淡,草绿竹溪清。
兴尽归来晚,星光分外明。

马岭河峡谷剪影

盘江穿马岭,谷底起嵯峨。
雪浪四时涌,涛声一路歌。
晴空飞瀑雨,云气接天河。
织女知何处,遍山抛绮罗。

文昌铜鼓角眺海

冬日海风暖，催开七彩花。
碧波翻白浪，紫石映红霞。
岸远山光淡，舟轻帆影斜。
层层观不尽，铜鼓接天涯。

游耒河相公滩

日高霏雾歇，舟泛碧滩前。
澹澹波光涌，依依柳色鲜。
云留霞客梦，风滞杜陵船。
遗迹无寻处，沉吟古岸边。

游雨母山

凉风生雨母，炎夏若清秋。
览胜寻松观，数峰询石牛。
云深山寺隐，波静野潭幽。
梵语萦空谷，禅心似可留。

舟行明江

乍看疑仙境，飘然入翠微。
船头人共醉，水上燕双飞。
山远峰峦瘦，年丰稻蔗肥。
桃花源里客，携得彩云归。

诗路漫吟

莫道蓬山远，幽微曲径通。
传情凭意象，造境跨时空。
海阔诗怀壮，峰遥夕照红。
清风梳鹤发，物我两相融。

赞湖南衡东吴南新路

欲解丛山困，休叹进步难。
脱贫先筑路，合力好通关。
风顺车轮疾，年丰笑语欢。
吴南连四海，倍觉水云宽。

蜗居小唱

凭栏听鸟晓风徐,瑞气盈庭意自舒。
老宅更新娱晚景,童心依旧乐三余。
房前种菜常挥汗,户外寻幽好读书。
品菊谈诗邀靖节,篱东能饮一杯乎?

学诗偶得

好趁赋闲酬夙愿,青灯黄卷味无穷。
从头研习情何炽,信手描摹韵未工。
漫步低吟明月下,拜师遍访杏坛中。
古琴随意弹新曲,风雨人生品异同。

己丑采风酬盛树森老赠书

先生姓字以诗传,一见倾心古道边。
喜趁和风登雁塔,愧承青眼赠瑶编。
奇文共赏乐无尽,厚谊长存信有缘。
岳色湘波留合影,骚人含笑柳含烟。

重游湘江风光带

细看愈觉画图娇,次第风光信手描。
燕拂长堤寻旧宅,鱼迷倒影讶新桥。
柳荫夹岸重重碧,石磴通幽步步高。
更上层台舒望眼,雁城处处涌春潮。

题郴州张学良囚禁处

苏仙岭上彩云飞,步履清风入翠微。
此日老翁夸脚健,当年少帅恨天低。
楚囚空洒山河泪,石窟长铭萁豆诗。
遥望新城灯似海,平心静听子规啼。

拜读《谭雪纯诗词选》

骚人笔下有波涛,荡尽嚣尘气自豪。
登岳身同松柏健,抒怀志比海天高。
诗成卷帙追风雅,誉满湖湘播李桃。
年近期颐心未已,解囊设奖育新苗。

游南岳二首

紫气东来朱鸟唱,环山路上晓风徐。
峦岚掩映连深壑,索道盘旋变坦途。
平地青云疑是梦,瑶台绣阁璨如珠。
同攀极顶何言老,拾起童心乐有余。

云遮雾绕似含羞,独秀南天孰与俦?
忠烈英名青史著,麻姑仙境翠烟浮。
慧心悟道思禅祖,锐意攻书仰邺侯。
多少先贤留胜迹,漫山风月足千秋。

昌龄诗社授课与学友共勉

清风引我上高楼,艺苑春光一望收。
仙井波平犹可鉴,龙标韵雅喜相俦。
招来雁阵萦天马,垦出诗园效老牛。
不待扬鞭蹄自奋,只缘梦里绿荫稠。

注:诗社坐落在衡阳市雁峰区天马山苏眼(耽)井社区。

自驾游岐山

久住城中思野趣,名山胜地赏烟霞。
高僧已杳塔林冷,古寺重光御匾斜。
欲借梵音开觉路,好从阆苑觅仙葩。
轻车随意天涯近,不待诗成便到家。

诗词进农家

柳拂荷塘日映庐,轻车送我到农居。
堂前秀色萦书画,篱畔清泉润果蔬。
泥土凝成高格调,诗词融入小康图。
流连不觉归途晚,即兴吟来意自舒。

游汨罗江屈子祠

碧波荡漾柳含烟,屈子寻诗去未还。
祠壁长铭骚客赋,江流难洗左徒冤。
行吟一曲抒孤愤,求索千程感昊天。
今日无分秦与楚,飞舟竞渡吊先贤。

读《杜工部诗集》有感

连篇烽火纪穷愁,万里飘零两鬓秋。
空有豪情凌绝顶,长留浩气壮名楼。
巴山梦筑千间厦,楚水魂牵一叶舟。
遥望乡关归不得,几回掩卷泪还流。

稻香村雅集拈微韵

稻香村里群贤集,抵掌雄谈兴欲飞。
圆桌四围无上下,方家一语见幽微。
鲜蔬细品融诗味,古调新翻佐酒威。
老圃欣逢时雨润,红黄绿紫斗芳菲。

南岳二贤祠怀朱熹张栻

古朴清幽高士风,文光熠熠烛光融。
天台月色莲峰竹,石鼓涛声岳麓枫。
同吊诗魂缘曲径,细分碑刻认前踪。
花香喜共书香绕,代代湖湘起卧龙。

注:天台、莲峰,二贤祠周边山峰。石鼓,指衡阳石鼓书院;岳麓,指长沙岳麓书院,都是朱、张游赏之处。

晚年诗趣

信步闲吟望眼开,无须着意觅诗材。
浮云流水随行止,短调长歌任剪裁。
不揣平庸追大雅,居然粗粝化香醅。
他山有石常攻玉,赢得清风拂面来。

甲午元日

贺年短信翻新版,撩起诗情兴未阑。
追梦欣逢千里马,登坛远眺万重山。
明时岂可等闲度,极顶尤须奋力攀。
莫道平冈初着绿,春风一到百花繁。

月夜偶得

满头白发半床书,悟到菩提有若无。
耳畔萦回琴曲隐,窗前皎洁月轮孤。
古稀尚远休言老,诗酒投缘足自娱。
气定神闲观世态,任他云卷与云舒。

宿净业寺晓起

惊看山寺入重霄，赖有通天路一条。
登顶尤钦方丈雅，迎风顿觉俗尘消。
清茶有品连宾主，大道无形慰寂寥。
车到归途情未已，乡音犹在耳边飘。

老友胡才炳乔迁滨江新居

野旷楼高气势雄，观光人在画图中。
湘江柳浪迎新燕，石鼓书声绕古桐。
联网何妨天路远，和诗自觉梦魂通。
烹茶邀友磋棋艺，室雅风清兴不穷。

市诗词学会八代会在耒阳召开

开坛筑梦几经年，花满川原霞满天。
得冠诗城声自远，忝为地主月重圆。
靴洲水逐千秋韵，竹海云铺五色笺。
冬日耒阳春意暖，传薪接力两心虔。

注：靴洲，位于湖南耒阳城区耒水中流偏东，四面环水。传说杜甫乘舟上郴州，在此掉了一只靴，人们打捞上岸葬于洲上而得名。

喜得阔别多年老友手机号

蒸水泛舟才几时？顽童转瞬鬓如丝。
梅经雪染品尤洁，人到老来情更痴。
月下雄谈真亦幻，梦中相望即还离。
闻君衣锦未忘旧，信口吟成红豆诗。

谒唐群英故居

力佐孙黄擎大纛，皇冠落地激风雷。
女权斗士争参政，巾帼英雄敢夺魁。
铁马声销豪气在，溪山鸟唱庆云开。
长留老宅荣春色，付与来人细剪裁。

旷瑜炎先生诗文分享会

流年碎影纪征程，次第吟来妙趣生。
古曲新歌皆入韵，清风化雨细无声。
诗潮涌处心胸醉，媒体传时气势宏。
最爱平凡高格调，春华烂漫晚霞明。

注：《流年碎影》《春华烂漫》，均为旷瑜炎先生著作。

谒湘西草堂

遥怀高节细寻踪，一缕游丝意万重。
音断琴残神韵在，书成旨远士林宗。
幽居载道客常满，古柏经霜色愈浓。
回望归途山似染，卿云起处日彤彤。

游腾冲火山地质公园

远望晴峦接碧霄，颓云尽净彩云飘。
园中客满欣时泰，坑口林丰感岁遥。
地焰曾喷除旧垢，山灰久积孕新苗。
游人莫道峰无顶，浴火重生凤更骄。

步赵焱森会长《南岳论廉》韵

南天一柱秀而坚，对岳论廉非偶然。
客到灵山多感悟，花临圣水更鲜妍。
读诗每被真情染，防腐常将利剑悬。
忠烈祠前松柏茂，风生日出彩云间。

注：湖南省诗词协会会长赵焱森的诗集《南岳论廉》收和诗359首。赵老在自序中说，凌明明先生的诗，以情咏廉，有如清波涤腐。

登滕王阁值赣江水枯有感

儿时读序耽佳句，此日登楼意兴赊。
画阁重修高士聚，河床半露杞人嗟。
长天弄影怀秋水，孤鹜潜踪冷落霞。
安得新潮融古韵，江添秀色笔添花。

太湖鼋头渚漫游即兴

神鼋震泽自超然，澹澹波光远接天。
聂耳亭前歌不歇，藕花荡畔景尤妍。
遛湾白鹭迎风起，连拱虹桥入水圆。
频点相机囊秀色，稍加次第付吟笺。

菜刀奇闻录

浅水难禁炮火烧，年年泪共海门潮。
硝烟未散乡愁满，弹洞初平曙色娇。
起看沧波连宝岛，欣将顽铁化琼瑶。
老兵赖有春风伴，圆梦不辞归路迢。

注：厦门某店所售菜刀，系用金门出土炮弹制成。店主介绍，曾有一台湾老兵购刀分赠亲友，以共享干戈化玉帛之喜。

瑞丽印象

山似游龙曲径幽，行吟倍觉晓风柔。
层层竹浪连边地，阵阵莺歌绕傣楼。
未品新醅心已醉，复寻古道意难休。
彩云来去飘无定，拈入诗中便可留。

登官塘宝塔

久慕江村形胜多，登高四望细搜罗。
官塘古岸融新韵，洲渚黄花映碧波。
咔嚓声中飞鸟定，崚嶒塔上笑颜酡。
仙乡莫道无人识，剪影争先出耒河。

博鳌玉带滩漫步

登临四望意如何？白璧天然不用磨。
海鸟影浮三色水，渔歌声动万泉河。
同中有异尤为贵，锦上添花岂厌多。
常设论坛连亚太，地球村里晓风和。

注：玉带滩外侧为南海，水分三色；内侧为万泉河，相映成趣。

诗意家园

喜随儿女比邻居,时合时分信自如。
艺苑同游生意满,家风轻拂晚晴舒。
船回老港情无限,树发新枝乐有余。
网上爷孙称好友,天边曙色入诗庐。

海南临高角谒解放纪念碑

雕像巍峨曲径幽,谁知昔日炮声稠?
琼崖有应长风护,孤岛无援顷刻休。
顽敌终成强弩末,神兵飞上险滩头。
木船搏舰彪青史,永铸丰碑镇海陬。

三代同游北大校园

燕园美境叹无双,虚实相生寄意长。
湖漾清波涵塔影,塔迎晓日灿湖光。
红楼古朴风云涌,翰苑清新桃李芳。
背景旁搜缘有梦,白头含笑抚孙郎。

注:未名湖、博雅塔是北大著名景点。红楼是北大原主要校舍,陈独秀、李大钊、鲁迅、毛泽东等曾在此工作。

参观文定学校

清风扑面桂飘香,客到黉宫意自昂。
久仰时贤追圣哲,遥看金匾灿门墙。
岳云源远心尤壮,文定名传路正长。
又绘新图连广宇,雏鹰展翅任翱翔。

诗路回眸酬胡静怡老

艺苑初逢便结缘,欣看粗粝入瑶编。
吟诗自遣原无忌,点石方知别有天。
难得星城同赴会,常怀月榭喜随肩。
青丝转瞬成银发,梦返程门夜不眠。

步刘智钧先生八十初度原韵

细作精耕年复年,巧将瘠土变良田。
花光映日云英紫,稻浪摇风曙色妍。
战地归来游艺海,闲情拾起续诗缘。
寿登八秩邀姜尚,把酒同歌湘水边。

注:云英紫,指紫云英。刘智钧先生因研究"紫云英种植使水稻持续增产"受到嘉奖,享受政府特殊津贴。

清明回故里小住

空庐幽静午荫清，旧景重温总是情。
细品遗文如见影，追怀笑貌复闻声。
春晖欲报双亲杳，家训长存一鉴明。
室有书香人有梦，儿孙接力启新程。

市老年大学新校区开学

喜看旧馆变新楼，满院花香竹径幽。
时有清风来作伴，共探学海任飞舟。
教鞭轻点诗情动，典籍重温兴味稠。
莫道人生再无少，踏歌追梦又开头。

北京畅游随笔

春临大地花争艳，客到京华意自昂。
竞上长城欣脚健，畅游北海话龙翔。
寻常漫步金銮殿，新颖同夸水立方。
夜色撩人难入梦，中宵起坐写辉煌。

谒衡阳抗战旧址陆家新屋

古屋长存岁月迁,弹痕满目忆当年。
魂惊半夜枪声骤,寇逼孤城血雨旋。
赖有军民同守土,岂容鞑虏乱翻天?
硝尘已杳心犹震,起看霜枫红欲燃。

衡阳市蒸湘采风行

夏日驱车入竹乡,溪云漠漠晓风凉。
遥看雨母山含翠,细品池荷水带香。
夹岸蛙声歌岁稔,横天雁阵列诗行。
截图随意无须剪,一路吟来兴味长。

梦

少年追梦倔似驴,忍痛废学不废书。书胜佳酿融百味,神交先贤乐三余。学浅书深费疑猜,慈父把手拨迷霾。对句初识诗中趣,隔空遥望柏梁台。身系家国责在肩,积学敬业两难全。插针觅缝沙成塔,爬坡过坎步履坚。老随儿女学府住,馆阁藏书不知数。顺风顺水好行船,踵接儿时寻春路。日听讲座夜敲诗,身自健兮神自怡。随意摄取眼前景,信手描成竹枝词。格调平平兴致高,立雪磨针不辞劳。巧融小我于大我,风生笔底起波涛。燕山粤海诗似锦,迎春初绽鹅黄嫩。喜趁东风中雀屏,荒圃倍感时雨润。剪影疏淡世路长,滴水照出七色光。梦境成诗诗盈室,诗情入梦梦更香!

梨花节放歌

隔江遥闻梨花香,驱车览胜意自昂。窗外次第舒长卷,妙如仙境疾如电。近树参差远树齐,绵延直到小楼西。芳枝交错汇成簇,融入林中看不足。珠蕾含笑映彩霞,相机频点众口夸。骚人赞花娇态新,主人爱花白如银。白银铺平小康路,休闲农庄声名著。八方游客踏歌来,园中四季画图开。华丽转身蛹化蝶,年年共庆梨花节!

女侠歌兼怀南岳救孤轶事

湘水长流芷兰馨，衡岳高耸凤凰鸣。三吉堂①中藏春色，天降奇女唐群英②。奇女生性慕英豪，小小年纪志气高。四岁扯下裹脚布，好效雄鹰万里翱。随父习武读诗书，秀外慧中掌上珠。《晓起》③诗吟惊四座，舞剑纵马信自如。妙龄出嫁到湘乡，将门才女黉门郎④。谈诗论剑心相印，喜得爱女梦犹香。可叹时乖命亦乖，女夭夫丧接踵来。双栖爱巢一夜覆，"百年偕老"愿成灰！大归⑤娘家书作伴，思绪纷繁理还乱。遣兴寻幽上祝融，登高顿觉身心健。

南天门外风萧萧，满山寒叶任风摇。览胜直上祝融顶，游人惊看会仙桥。会仙桥上不见仙，只见绝壁凌空悬。壁下渊深乱石矗，天际云横雁声寒。桥上木然立少女，意欲轻生泪如雨。乱世草民等轻尘，抬头望天天不语。女侠扶危气如虹，胸有成竹自从容。隔岸招呼释疑惧，沟壑未通心先通。健步绕到悬崖后，纵身一跃燕凌空。少女回首一瞬间，救星飞上悬崖巅。拦腰抱住离险境，惺惺相惜手相牵。

泪尽自诉叫刘琴，父母双亡苦难深。祖孙行

乞十三载,病体难禁寒暑侵。祖父猝死荒郊里,一波未平一波起。突遭强暴夜难明,求生不得但求死! 崖上寻死迟未决,恩仇铭心情难绝。绝处逢生虽有缘,孤女今夜何处眠? 英雄救难须救彻,苦海茫茫觅渡船。可怜孤女杳无亲,转送尼庵暂栖身。愿借佛门清净地,脱胎换骨洗嚣尘。

情牵孤女强作别,心中涌起浪千叠。又忆女夭夫丧时,犹遭冷眼长舌讥。女人泣血反受辱,"文明"礼教缘何毒? 敢问"钧天谁换风"? 弱女"誓作踏波雄"! ⑥前路漫漫夜茫茫,东渡日本识孙黄。毅然参加同盟会,奉命建军忽回湘。巧逢刘琴尼庵畔,分别九年情未变。面壁修心恨难消,习武强身身如燕。干柴一点烈焰张,投身革命起新航! 参加北伐救济队,攻克南京热血沸。双枪女将唐群英,嘉禾勋章⑦胸前佩。推翻帝制此心同,力争女权情更浓。创刊办学启民智,奔走呼号西复东。英雄气壮身许国,姐妹花开绿映红⑧!

吁嗟夫! 百年女杰⑨已作古,"男女平权"未亲睹。喜作长歌慰先贤,先贤夙梦今日圆。锤镰砸碎千年锁,妇女撑起半边天。胜日重访三吉堂,女侠故里换新装。群英诗苑连展馆,清风习习满庭芳。满庭芳草连天碧,衡岳高耸湘水长!

①三吉堂坐落在衡山新桥,是清代提督唐星照1870年所建居所。
②唐群英(1871—1937),女权运动领袖,中国同盟会第一个女会员。
③唐群英14岁作《晓起》诗:清流依垅曲,绿树接丹崖。邻烟连雾起,山鸟唤晴来。
④1891年,唐群英与湘乡(今双峰)书生曾传纲(曾国藩堂弟)结为伉俪。
⑤大归:指已嫁妇女回母家后不再回夫家。唐群英大归时27岁,后未再婚。
⑥"钧天谁换凤""誓作踏波雄",系唐群英诗句。
⑦唐群英为攻克南京立下战功,荣获"二等嘉禾章"。
⑧1912年,刘琴加入女子参政同盟会,成为唐群英的得力助手。
⑨1995年,第四次世界妇女大会期间,唐群英与秋瑾、宋庆龄、何香凝、向警予、蔡畅、邓颖超、帅孟奇同被中央认定为"中华百年八大女杰"。

励志歌赠李凌波同学

牛年未到春先到,微信细品诗情妙。孙枝挺秀日日新,拥上梢头春意闹。雏鹰试飞升学初,英语六级起步跳。红心向党襟怀壮,阳光泽被葵花笑。步履东风上层楼,领奖台上花愈俏。七彩人生路正长,九曲黄河波光耀。攻书积学惜日短,扬鞭追梦趁年少。姥爷喜作励志歌,为尔加油传捷报!

党旗颂

猎猎高扬耀碧空,北斗璀璨岱岳崇。红船激起千重浪,井冈化育万壑松。灯塔照亮求真路,锤镰敲响警世钟。长征途中播星火,宝塔山前造英雄。党指挥枪经百战,救国兴邦众志同。天安门上五星耀,神州崛起日升东。黄河九曲终入海,翠柏经霜色愈浓。圣手点燃中国梦,"一带一路"五洲通。全球抗疫分高下,华夏领跑展雄风。万里宏图启新页,天更蓝兮旗更红。

词

西江月·菜园情趣

碎石铺成小径,荒丘垦作蔬园。修篱搭架兴悠然。正好健身消遣。

汗水匀浇嫩叶,霞光笑映苍颜。宾朋相与品时鲜。别有诗情一串。

沁园春·结社吟诗乐晚年

萍水相逢,结社吟诗,自信有缘。忆雏莺试嗓,声传梓里;少年辍学,翅折云天。黄叶稀疏,甘霖滋润,老树新花夕照妍。春风里,倚簧门翰苑,夙梦欣圆!

良师益友相牵。路漫漫、勉为作责编。把丛丛诗草,细心梳理;些些疵点,适度刊删。画里遨游,诗中驰骋,把卷浑忘夜已阑。书在手,喜清香淡淡,韵味绵绵!

如梦令·见蜡梅含苞欲放喜而得句

何处暗香奇异?枝上玉珠清丽。不待晓风吹,已露三分春意。惊喜!惊喜!拾起几多灵气。

鹧鸪天·参加衡阳师院国庆中秋联欢晚会

灯正红时月正圆。良宵盛会喜空前。卅年改革中兴梦,七彩纷呈不夜天。

歌浪漫,舞翩跹。白头岂可等闲观?登台合作诗书画,神采飞扬似少年。

鹧鸪天·参观衡阳市蔬菜研究所

静听专家说菜篮。纷繁莫辨苦还甘?荒郊扎寨安粗淡,大匠攻关重谨严。

凝地气,引晴岚。长征接力战犹酣。喜看菜谱添新系,又盼园中青出蓝。

浣溪沙·赴武夷迷路

沟壑纵横晓雾浓。层峦掩映有无中。停车借问掉头东。

九曲迷离真面露,半生思念梦魂通。"五姨"莫笑老顽童。

浣溪沙·明月山顶遇雨

蓦地飞来不及防。撑开雨伞泛晴光。凡尘洗净入仙乡。

清气随风盈碧野,松针带露透新凉。润身润眼润诗肠。

临江仙·酬长沙吟友惠赠藏书

渭北江东云树远,夜吟独望星空。紫巾峰下喜相逢。投缘诗共品,对酒意先通。

时雨新潮常顾我,捎来邻苑清风。诗香沁透小楼东。中宵魂梦绕,起看晓窗红。

定风波·与诗友登十牛峰

骋望层峦接远天。临风指画溯渊源。徒步攀爬逢盛夏。谁怕？银丝飘逸笑声喧。

乍雨初晴松吐翠。心醉！丛林深处鸟关关。登顶高呼泉当酒。回首。游人唤醒万重山。

鹧鸪天·题露江山抗日阵亡将士纪念园

一到陵园百感陈。当年血火忆犹新。酒中带泪浇碑石，顶上悬钟警世人。

驱贼寇，靖烟尘。露江依旧四时春。大刀曲奏群山应，浩气凝成华夏魂。

沁园春·陈斌强孝亲尽心执教有成感动中国

病母呼儿，学童求教，此身怎分？借一台摩托，急驱两地；三根纽带，紧系娘身。忠孝双肩，春秋五度，历尽千难百福臻。车轮转，让书声绕室，病体回春。

苍天不负辛勤。日照处、盈盈笑语亲。看新苗竞秀,殷情切切;庭萱增寿,热泪纷纷。六一联欢,重阳赏菊,梦里天天曙色新。骚人醉,喜德行天下,霞映朝暾!

清平乐·杭州西溪湿地三代偕游拾趣

碧波青蔼。一派原生态。彩蝶翻飞舱内外。却说快门不快。

舍舟直上江楼。娇孙嚷要沙鸥。尚未折回渡口,垂髫酣睡肩头。

鹧鸪天·衡阳市诗词学会九代会祝词

结社联吟三十年。遥途接力启新篇。蒸湘水逐千秋韵,衡岳云开万里天。

风习习,意拳拳。乘时追梦勇争先。心旌喜共吟旌展,敢问珠峰路几千?

鹧鸪天·重读孙中山遗嘱

功未成时情更殷。"仍须努力"语谆谆。唤醒民众争平等,崛起中华待后人。

天破晓,梦成真。心香袅袅慰英魂。遗言重读生新意,起看云旗映海暾。

踏莎行·缅怀昌龄诗社创始人罗立德先生

薪火传承,骚坛际遇。居然一见亲如故。苏耽井畔话渊源,难忘青眼时相顾。

学友频添,师模远去。明灯长照前行路。攀峰折桂慰先贤,"昌龄金匾"同心护。

注:唐代诗人王昌龄曾在衡阳苏耽井饮水歇马,留下"昨临苏耽井,复向衡阳求"的诗句。2004年,罗立德先生在苏眼(耽)井社区创建昌龄诗社,亲任社长并开班授课,传承至今。民政部与省市领导曾多次到此视察并予以鼓励。2018年(本人在昌龄诗社授课期间),衡阳市教育局授予昌龄诗社"终身学习活动品牌"光荣称号。

沁园春·快递小哥诗意人生

身处沟渠,眼望星空,一生若诗。羡儿时偶诵,偏称爽朗;成年细品,愈觉清奇。世路艰辛,襟怀坦荡,步履铿锵度若飞。长相守,共陶情冶性,追梦乘时。

诗词大会惊雷。快递手、轻灵稳夺魁!任风云变幻,从容淡定;攻防交替,思接神驰。赤子成名,初心依旧,咬定青山志不移!寻春路,正晨光灿灿,芳草萋萋。

浣溪沙·茅台镇漫步

赤水中分翠嶂连。琼楼嵌在白云边。星光辉映景尤妍。

灯火万家天外落,虹桥半拱水中圆。酒香浮动笑声喧。

卜算子·全栋材吟友《九秩春风》付梓

闻讯忆当年,艺苑添新友。鹤发飘然气自昂,梦在心中久。

课上问声频,笔下龙蛇走。腾起春风梦更香,脉脉长相守!

鹧鸪天·采风途中范高潮先生教玩手机

一见风姿倍觉亲。同游原是故乡人。朱颜潇洒真诚最,白发痴顽常识贫。

联网络,识花君。倾心点拨不嫌频。良师助我随时进,敢望人生第二春!

鹧鸪天·潮州采风陈水清会长喜逢战友

客里相逢情更痴。夜阑路远不知疲。白头畅叙诗同品,红酒燃情兴欲飞。

高炮旅,七〇师。当年趣事又重提。老兵对面行军礼,隔座欣看醉眼迷。

采桑子·摹吕本中词赠别诗友

故人一别知音远,南北东西。南北东西。独抱瑶琴更向谁?

故人一别知心望,物换星移。物换星移。梦里鲲鹏展翅飞!

长相思·洛夫故居感吟

说洛翁。读洛翁。胜日随行访旧踪。陌头花正红。

人已空。楼已空。遗像遥看气若虹。蓦然诗意浓。

忆江南·小荷二首

晨风起,唤醒半池荷。伞盖初开承玉露,孙枝竞发趁晴和。俏影荡清波。

蜻蜓点,生意满横塘。若是青钱镶玉镜,何来秀色透清香?水下藕丝长。

破阵子·获评市老干部大学三星教师戏作

白发重回艺苑,红霞笑映桑榆。设帐谈诗冬复夏,即景摅怀实带虚。诗成振臂呼。

雅兴豪情不少,职称学历全无。偶借星光承破格,别有书香时绕庐。随缘意自舒。

沁园春·赠承园主人

蒸水中流,白云深处,别有洞天。看漫山松竹,共荣并茂;高堂祖训,裕后光前。琴韵书香,修身养性,得遇知音飘若仙。灵光现,便神驰万里,思接千年。

村头曲径绵延,有多少、乡愁一线牵。忆儿时志学,天天向上;青春许国,跃跃争先。异地归来,嚣尘荡净,室雅风清心自宽。天地转,让家风相继,无愧承园。

联

自题书屋

少与时人争意气；
多从学海下工夫。

题耒阳竹海

耒水环山摇竹浪；
鼎峰观海忆龙亭。

题杜工部诗集

万里悲秋，言必忧民能有几？
千年垂范，诗堪称史更无双。

挽周念先老师

艺苑方兴，公归仙境情何急？
蓬山尚远，我立程门恨太迟。

登岳阳楼怀杜甫

生不逢时，尚羡寒梅添雪岸；
诗能警世，长留绝唱壮名楼。

题彭城刘氏高岭宗祠

祠宇重新，续写彭城追梦曲；
月塘常满，荣滋高岭向阳花。

湘江风光带拾趣

春景多娇，燕拂长堤寻旧宅；
波光正滟，鱼迷倒影讶新桥。

游莽山偶得

入谷寻幽，蓬榛半掩疑无路；
临风悟道，石罅中开别有天。

题清代老屋井堂

井溢清泉,甘洌温馨滋万物;
堂融古韵,恢宏典雅足千秋。

游江口鸟洲

日照芳洲,鸟影常随云影动;
舟行碧水,心花喜共浪花开。

大垌山礼佛酬弘隆法师

品茗谈禅,妙语连珠怡远客;
采风览胜,名山悟道仰高僧。

诗路回眸

学海茫茫,垂髫问字沙成塔;
金风习习,鹤发谈诗气若虹。

题鼓浪屿

烟屿最牵情,关关鸟唱花含笑;
海风长鼓浪,滚滚潮来水接天。

耒阳采风怀蔡伦杜甫

古渡伴诗魂,靴洲水逐千秋韵;
全球尊纸圣,竹海云铺五色笺。

题岐山仁瑞寺

古寺溯前因,诗僧已杳声名远;
深山迎曙色,御匾犹存岁月新。

题郴州苏仙岭屈将室

风摧秀木,雾锁深山,大鹏难展凌云志;
兵谏临潼,名垂后世,囚室犹闻正气歌。

注:此室为爱国将领张学良囚禁地。内有张学良题词"恨天低,大鹏有翅愁难展"。

诗词修改漫谈

诗词作品大多需要修改，甚至需要多次修改才能定稿。修改形式有三种，即本人修改、请人修改和代人修改。其实，请人修改和代人修改并无本质差别，都属他人修改，二者的目标完全相同。笔者从初学写诗到担任编辑工作，对三种不同形式的修改有一些粗浅的体会。

本人修改无所顾忌，改字、改词、改句，甚至推倒全篇重新组构。然而由于学识所限，闭门造车常常事倍功半，最好是寻求帮助。特别是初学者，当作品屡改屡不满意又无能为力时，能有高人指点，则可明白症结所在而少走弯路。

学生能与老师谈诗是缘分。诗作能得到编辑修改也是缘分。诗作经过修改，意境得到升华，哪怕是"一字之别"，也能让你产生许多联想而从中受益。比如，笔者有一首《西江月·菜园情趣》，最后两句原为"宾朋相与品时鲜，别有诗情一片"，承《湖南诗词》编辑胡静怡老师改为"别有诗情一串"。一个"串"字,让人联想到园中蔬果"串串",与宾朋共享的生动画面。还有一首律诗《游汨罗江屈子祠》,颈联原为"行吟一曲抒孤愤,求索千巡感昊天",承《衡州诗词》主编陈中寅老师改为"求索千程感昊天"。"程"字作量词,更熟稔也更贴切,又与屈原心中修远的"路程"相契合。

"一串"也好,"千程"也好,都是点睛之笔,令人眼前一亮。然而,并非每次修改都是这样顺畅,偶尔也有例外。比如我的另一首律诗《学诗偶得》,首联原为"好趁赋闲酬夙愿,青灯黄卷兴无穷",被胡静怡老师改为"青灯黄卷味无穷"之后,我的第一感觉却是迷茫。这是因为,在定稿之前,我自己曾经在"兴"与"味"之间斟酌取舍,而最后选定了"兴"字。老师改"兴"为"味",必有他的道理。于是我就用"兴"与"味"进行比较吟诵。发现在第五个字停顿时,"青灯黄卷兴"句意不是那么连贯,而"青灯黄卷味"则自然贴切,上下贯通。

通过这几件小事,我体会到,他人改诗,不管你是"高兴"还是"迷茫",都是一个从"领悟"到"提高"的过程。前提条件是,作者不但要有足够的虚心,还得有一点悟性,才能在"比较"的过程中有所提高。

当今许多诗词刊物差错较多,这个问题看似与修改无关,实则有关。造成差错的原因,一是原稿错误,二是编排打印错误,编者却没有全部发现并纠正到位。诗词修改首先是本人修改。错字、别字、漏字、漏句,甚至漏掉作者姓名之类的低级错误,只要稍加留意,完全可以从源头上避免。纸质稿有的字迹潦草,有的使用繁体字、异体字,有的不按要求排版,这些"问题"稿件都需要重新抄录、剪贴、处理之后才能使用,因而留下了再次造成差错的隐患。在电脑流行的今天,随着电子稿的使用,以上弊端已被尽量去除。而诗词这一块却远远滞后,原因有两点,一是作者大多是老年人,大部分不会用电脑;二是编辑也有许多困难,例如场地、设施、经费有限,缺少人力物力。我们只能争取在主观上做得更好一点,来弥补客观条件的不足。

笔者说这些,可能有人会质疑笔者因做过编辑而有所偏颇。其实不然。作为一个诗词爱好者,笔者从第一次投稿开始,就非常认真,写错"一字"就重写"一张",学会打字后即用打印稿,基本上杜绝了因书写不工而造成的差错。同时,没有把握的字词必查证,首先保证格律准确无误。诗词意境永无止境,自己不满意的作品暂不投稿。这是本人对编者起码的尊重。近几年来,笔者在《中华诗词》《当代诗词》《湖南诗词》《老年人》等期刊发表诗作80余首,除了老师的指导,与本人的认真也不无关系。

基层诗词刊物稿源有限,作为编辑要耐心细致,对比较粗糙的稿件,要多读几遍,只要有可取之处,就不能轻易放弃。然后按照作者的思路修改,尽可能保留原貌。有的作者,对修改有不同意见,这也是情理之中的事情。要说原因,或者是改得不好,或者是"违背作者原意",或者是作者尚未领会到修改的妙处。笔者认为,不管是原意,还是新意,都要唯善是从;无论是作者,还是编者,都要相互尊重。只有这样,才能把诗词写得更好,改得更好,编得更好。

(原载《湖南诗词》2014年第1期,有改动)

"三位一体"教授　更能学深学透

在中华诗词蓬勃发展的今天,老年诗词爱好者越来越多。诗词课已经成为老年大学常设的专业课程。作为老年大学诗词课程的一名教师,笔者就如何提升老年大学诗词课堂教学质量,弘扬中华优秀传统文化,结合自身教学经验,作一些粗浅的探讨。

一、课程设计,将诗词欣赏与格律学习融为一体

现有诗词课堂的教学形式大致分为两种:一种是诗词欣赏,类似普通中小学的诗词课,主要目的就是用诗词来陶冶情操、净化心灵,在诗词欣赏中享受快乐;另一种是诗词创作培训,为写作新手讲授格律,解决诗词入门问题。两种课堂各有侧重。单纯的诗词欣赏,任课教师大多不讲诗词格律,不能有针对性地指导学员创作诗词。单纯的诗词创作培训,大多是临时的,一般没有固定的学习场所与师资,缺乏系统性。老年大学具有较好

的教育资源,诗词课堂可以兼采所长,既讲诗词欣赏,又讲诗词格律。通过课程设计,把诗词欣赏与格律学习融为一体。

按照惯例,开学第一课,我首先会用一首例诗来讲解诗词格律。比如王之涣的《登鹳雀楼》,这首诗老年学员都非常熟悉,诗句恰好是格律诗的"四种基本句式"。为了便于讲解,我先把"作品与格律应对"标记于下:"白日依山尽(仄起仄收),黄河入海流(平起平收)。欲穷千里目(平起仄收),更上一层楼(仄起平收)。"再把这个"应对标记"作为学习模板,就显得非常直观。然后运用模板,通过比对,讲解"四种基本句式"的规则与内涵。进一步就此阐析,讲解何为"平仄四声",并将平仄的排列方式"句内相间,联内相对,联间相粘"的规律讲清讲透,让新学员对格律有个基本的认知。接下来的环节就是诗词欣赏,在欣赏的过程中学习诗词格律。因为格律知识枯燥单调,老年学员记忆力减弱,因此一堂课我只讲一个知识点,并做到简明扼要,容易理解,重点突出,便于记忆。然后以此类推,比如"拗救""对仗""律句的特式""入声字"的辨识等,都可以用这种方式解读。日积月累,学员就耳熟能详了,在欣赏诗词意境的同时学会了辨析诗词格律,为诗词写作奠定了基础。

二、创新教法,将古典音韵与时代气息融为一体

诗词传承,坚持守正创新的原则,将弘扬传统文化与倡导时代新风结合起来。比如,讲解朱彝尊的组诗《鸳鸯湖棹歌》时,首先解释鸳鸯湖的名称由来,说明鸳鸯湖就是南湖,与绍兴东湖、杭州西湖合称浙江三大名湖。然后强调,今天南湖闻名于世,主要原因是中国共产党第一次全国代表大会在这里完成了最后议程,南湖从此成为革命圣地。从而借景论诗,以古衬今,达到"古为今用"的目的。

课堂教学,使用富有时代气息的语言,运用大家熟悉的事例,同时发挥多媒体的优势,就能跨越时空,引起学员共鸣。比如,讲到范仲淹《渔家傲·秋思》中的"燕然未勒归无计"时,可以把当代军旅歌曲中现代军人"既然来当兵,就知责任大"的壮烈情怀,与范仲淹为国戍边、长夜不寐的忧患意识联系起来进行比较。讲到张九龄的五言律诗《望月怀远》时,可以把"海上生明月,天涯共此时"的

意境与当代经典歌曲中"十五的月亮,照在家乡,照在边关,宁静的夜晚,你也思念,我也思念"的意境结合起来展开联想。这样做能让学生融入古典诗词特定的氛围,理解作者当时的心境,以获得更好的课堂效果。

三、目标引领,将理论积淀与创作实践融为一体

通过不断的课程学习,学员能够系统地了解、品味古典诗词的思想意境和艺术内涵,这是诗词课堂的基本目标。如果在这个基础上,把诗词欣赏与诗词创作结合起来,指导学员创作出符合格律并具有一定的思想性和艺术性的诗词作品,为文明传承、时代进步、社会和谐作出贡献,则意义更加重大。为了达到这个目标,教师可以在课堂教学中适当布置一些作业,鼓励学员边学边写,同时随机点评学员作品,重点点评新学员的习作。把理论学习与创作实践紧密地结合起来,调动学员的学习兴趣,激发其学习潜能。这种诗词作品点评,既可以浅解,也可以求深。教师可以有的放矢,深入浅出。遇到合适的题材,偶尔也可以对师

生创作的诗词作品进行现场教学，作一些深入的探讨，使新老学员都能够从中受益。

按照惯例，老年大学诗词课堂每个学期都会招收一些插班新学员。为了让这些新学员能够更快地跟上教学进度，可以在大班内开设"小班"，在老学员中选择能者为师，给新学员补课，帮助他们解决实际问题。同时，在班级微信群里创建"诗词微刊"，专门刊登学员新作，并相互评点，提出修改意见。为了彰显、巩固教学成果，诗词班每个学期出版一期"诗词板报"，选登学员的优秀作品。再把其中的精品推荐到相关的诗词刊物上。衡阳市老干部大学古代诗文班创办20多年来，许多学员由诗词爱好者提升为诗词创作者，并在国家及省市级刊物上发表诗词作品。有几位有志于诗词事业又学有所成的学员，已经成为诗词社团的领头雁。

正所谓"日有所积，月有所进"，我们在老年大学的诗词课堂相聚相携，让博大精深的诗词文化青蓝相继，薪火相传，收到了有目共睹的成效。

（原载《老年教育·老年大学》2023年第2期，有改动）

运用习作点评　助力诗词教学

中华诗词博大精深,不仅内涵丰富,而且格律严谨。"写格律诗词是戴着镣铐跳舞。"这句话形象地道出了诗词的"难"与"美",即写起来"难",赏起来"美"。

为了弘扬中华优秀传统文化,我们老年大学诗词班把"经典赏析"与"创作实践"结合起来,同时运用"习作点评"这种便捷、直观、灵活的交流方式,帮助学员尽快地掌握诗词专业知识,指导他们创作出符合时代要求的格律诗词。作为陪伴他们边学边练的专业教师,本人有几点粗浅的体会。

一、"习作点评"在诗词教学中的多种形式

老年诗词爱好者,大多具有比较丰富的社会阅历和深厚的文化功底,特别是他们那种跃跃欲试的投入状态,令人感动和充满期待。笔者在教学过程中,根据老年学员的特点因势利导,鼓励他们大胆创作,并让他们把"习作"发到班级微信群里请大家"点评"。点评者可以是教师,也可以是

学友；点评可以是口头的，也可以是书面的；可以私下交流，也可以公开评点。这种不拘一格、灵活机动的形式，得到了学员的普遍认同。比如，班级群里曾经有一首特色鲜明的七言律诗，值得大家学习借鉴。作为班级教师，我就把它当作诗词创作的"范例"，总结出一些带有"共性"的东西，在课堂上剖析作品的长处并指出需要注意的问题，以指导大家提升诗词创作水平。点评原稿如下：

郊行（刘作良）

三月芳郊最逸情，湖山过雨复天明。
新花香逐微风馥，浅草翠从清露生。
犹喜闲时观舞蝶，不妨闹处听啼莺。
寻春不可无诗意，得句还须陇上行。

这首七律自然流畅，清新脱俗。首句紧扣主题，"三月芳郊"点明郊行的时间、地点；次句"湖山过雨"，补足上句"逸情"句意。让读者充满期待，跟随作者一路"郊行"，赏景览胜。

写景是山水诗的重点，也是这首诗的亮点。这首诗中间两联都是写景，却有动静之别、主客之分。颔联互文见义："花香""草翠"气息浓郁，色彩鲜明;"风馥""露生"静中有动;"逐""从"二字,既有时间顺序,又有空间跨度。颈联丰富多彩:"闲时观蝶""闹处听莺",细腻优雅,体情入微;"犹喜""不妨",轻重有别,耐人寻味。颔联侧重在景,颈联侧重于情。

　　诗的前三联起承有度,精彩纷呈,最后如何收尾,决定了这首山水诗的立意高度。作者似乎早有准备,于第七句笔锋一转,指出郊行的最高境界——"寻春不可无诗意",最后以"得句还须陇上行"作结。因为只有"登高望远",才能激发灵感,创作出更好的诗篇。

　　这首《郊行》开合自如,是一首情景交融的好诗。要说美中不足,就是个别字词还欠精准。比如,"湖山过雨复天明"中的"天明"二字,是天空明净清朗之意。诗句要表达的是雨来"天转暗"、雨过"天复明"的动态变化。因为平仄颠倒词序,用"复天明"来表达这种变化,既不准确也不顺畅。另外,诗的第七句"寻春不可无诗意"与第六句"不妨闹处听啼莺"均用了"不"字。笔者认为,把"天明"改为"澄明",把"不可"改为"岂可",会更加贴切自然。建议修改如下:

郊行

三月芳郊最逸情，湖山过雨复澄明。
新花香逐微风馥，浅草翠从清露生。
犹喜闲时观舞蝶，不妨闹处听啼莺。
寻春岂可无诗意，得句还须陇上行。

后来，这首《郊行》的"修改版"在湖南省诗词协会的精品选刊《诗国前沿》的副刊的发表。作为任课教师，我很欣慰，学员们也深受鼓舞，创作热情高涨，参加点评时更加积极。

二、"习作点评"在诗词教学中的多重作用

"习作点评"这种教学方式，在当今的诗词教学中，并未引起广泛重视。有人认为"习作点评"简单直接，作用不大。其实不然。近几年来，我们诗词班坚持运用"习作点评"这种方式，为诗词教学加油助力，取得了多重效果。

一是鼓励创作。我们这个诗词班创办多年，学员入校时间不一，他们的年龄、职业、学历、阅历也各不相同，诗词专业水平差距很大。大部分学员对诗词有兴趣，专业知识却知之甚少；一部分学员对格律有了解，但还不够准确全面；也有少部分

学员已经粗通格律,能够写出合格的诗词作品。因此,我们就采取"以老带新"的办法,通过群友点评,让那些在班群发表习作的学员得到关注和鼓励,从而帮助他们坚定信心,持续创作投稿;激励那些尚在观望、不敢动笔的学员也加入进来,使我们的"创作队伍"逐步壮大。大家相互评点,共同提高,形成了良性循环。

二是帮扶新手。教师、学员在点评诗词时不仅仅是点赞,还要对作品进行理性分析,提出自己的见解,既讲亮点也讲缺点。比如,点评时要讲出"哪里好,哪里不好,为什么不好,怎样修改才好"。既要摆事实讲道理,又要做到有的放矢,只有这样才能对大家有所裨益。遵守诗词格律是诗词创作的前提,新学员大多不太熟悉这方面的要求,创作中难免出错。在点评中,凡是"不合格律"的作品,都会首先被拿出来讨论,让新学员了解自己习作存在的问题,促使他们带着"问题"来上每一堂课,并从中找到解决问题的方法。这样,新学员就能够在较短的时间内基本解决格律问题,跟上班级的教学节奏。

三是学学相长。学习经典是一种知识积累,需要久久为功;点评习作是就事论事,能够立竿见影。二者互为补充,相得益彰。经过几轮"点评",许多老学员反过来会认识到自身的不足,学习起来更加认真。有时还会主动提出问题,与大家共同探讨。因为替别人点评习作,也是对自身知识储备的检验。部分学员的"点评"比较简单,是因为他们的诗词理论尚未形成体系。这样就能促使他们在帮助别人的同时提升自我,从而收到了"学学相长"的效果。

四是教学相长。本人作为班级教师,口头点评学员习作居多,而且是现场即兴发挥,比较随意,这也是诗词教学中的通常做法。要用书面形式把其中的道理讲清楚、讲透彻,还得对学员的创作具有一定的指导意义,并没有想象中那么简单,这就对教师提出了更高要求。比如,上文提到的那篇关于《郊行》的点评,开始我只写了一篇即兴的"短评"。因为短评引起了"热评",我就趁"热"打铁,把这篇短评进一步完善,作为"课堂点评"的文稿。同时,安排作者给学员介绍自己的创作体会。学员们积极响应、各抒己见,课堂气氛十分活跃,轻松愉快地解决了一些创作中的实际问题。这些事情看似偶然,实则必然。作为教师,我认为,只有在教学实践中不断地思考、感悟、改进、创新,才能做到"教学相长"。

　　总而言之,"习作点评"这种形式,既激发了学员的创作热情,又增进了诗友之间的感情。无论是学员,还是教师,我们在国粹传承中"寓教于乐",轻松前行。大家在相互激励中,共享美好的诗意人生,岂不快哉!

　　(原载《老年教育·老年大学》2023年第8期,有改动)

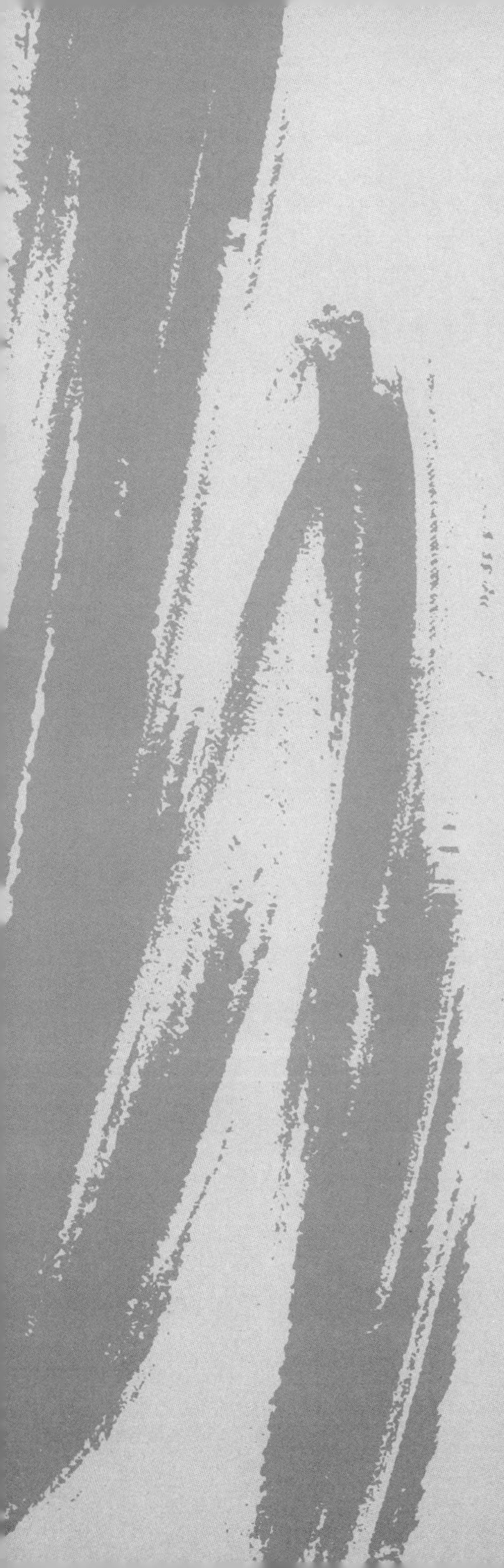

遗编

凌少泉 著

诗 63 首

词 9 首

联 30 副

文 2 篇

诗

临蒸晚眺
1934年

峰霁白云净,江澄赤石浮。
登临吟兴发,惊破水天秋。

秋雨芙蓉
1934年

不借春风力,独开秋雨中。
芳名符利器,淬砺试霜锋。

校居即景
1935年

黄龙盘大坳,白象饮青溪。
一地两名胜,相望衡岳西。

雪柳吟
1936年

乍惊青眼少,细认白眉多。
玉树阶前立,因风想谢娥。

观洪叹二首
1949年

洪水连宵涨，众生眠里亡。
空闻供大士，何处觅慈航？

真有陆沉感，能无己溺忧？
此身如可变，愿作济人舟。

桂泉吟吊彭樵桂老友二首
1973年

桂落香仍在，泉流污不沉。
天然同志感，聊作桂泉吟。

君性原如桂，我心颇似泉。
泉流桂芳永，吟罢转陶然。

雪夜怀友
1977年

乍醒梅花梦，难赓柳絮吟。
兼怀三径友，共抱岁寒心。

寻幽杂咏二首
1921年

为寻古寺入深林，谁识林深寺更深。
曲径云迷无问处，一声清磬出遥岑。

扳藤附葛上层峦，乘兴浑忘步履艰。
林静风清尘俗远，此身疑到白云间。

集词牌成诗
1922年

忆沾美酒 赏花时，沉醉东风拂面吹。
春意满庭芳气袭，黄昏月上海棠枝。

注：加下划线的为词牌名。

秋词二首
1922年

秋气萧条秋月明，秋来无处不秋声。
无端更听秋宵雨，恼煞秋闺梦不成。

秋菊香飘秋已深，秋风阵阵战秋林。
阑干闲煞秋宵月，独坐秋斋漫抚琴。

早发
1931年

鸡声催我检行装,错认月明作曙光。
强起登舟犹未醒,清风载梦到衡阳。

落花词
1934年

梦醒繁华一霎时,寄身敢说最高枝?
落茵落溷知何处,只仗春风作主持。

潇湘月夜泛归舟
1941年

万顷烟波一叶舟,归帆轻送晚风柔。
不知月自云间出,乍觉水从天上流。

望雨二首
1945年

夜夜青天似镜开,朝朝红日破空来。
原田更比相如渴,不见金茎露一杯。

忍见兵灾又旱灾,蕨薇采尽更堪哀。
水车声共饥肠转,泪汗交挥望雨来。

省墓吟三首
1948年

父继母亡各廿年,荒坟相伴卧寒烟。
可知今日儿偕妇,抱得娇孙拜墓前。

春风轻拂纸钱灰,和泪空浇酒一杯。
儿妇可怜痴亦甚,喃喃默祝送孙来!

儿未成名鬓已丝,显扬有待待何时?
空挥几滴思亲泪,和墨书成省墓诗!

解放吟二首
1949年

身经束缚卌年余,解放欣逢意自舒。
思想重新须改造,自家清算脑中书。

猛然觉悟是今年,岂富斯求始执鞭。
益信先人有先见,砚田遗我作粮田。

口占酬杨忠信同志
1962年

风雨昏沉滞草塘,慨然护送感杨郎。
扶持突破重冈险,忠信长留姓字香。

寿花词寄怀黄乾惕老友
1976年

百花生日雨中过,燕未舞兮莺未歌。
我独称觞为花寿,娇憨相对醉颜酡。

元旦吟二首
1977年

神州处处共腾欢,革故谋新又一年。
拂面东风吹不息,当头红日灿无边。

虞庠忝列退休翁,自顾年衰志尚雄。
伫看儿曹齐奋发,豪吟畅饮兴无穷。

八十自寿
1982年

战胜病魔年复年,代车安步地行仙。
吟笺飞寄群英会,笑对荷觞共畅然。

暮秋晚归
1931年

秋色自堪怜,荷残菊尚妍。
风高横雁阵,水浅滞渔船。
雨湿三分地,云开一幕天。
莫愁归路晚,霞起赤城边。

和谭荣芳《明发》韵
1932年

耿耿待明发,心随旅燕归。
晓风飘客梦,残月照征衣。
野寺钟声远,板桥人迹稀。
款扉忙稚子,喜信报重闱。

过国清寺
1933年

国已非清有，寺犹存国清。
水环疑玉带，山护拟金城。
胜地空陈迹，禅关息俗情。
纷纷名利客，何事苦相争？

新春试笔
1935年

昨朝刚迓岁，今日又迎春。
节候重重至，风光处处新。
赏心多乐事，随意度芳辰。
笔共梅花发，题诗自有神。

奉酬段崚生教授并以拙著《四声辨微》就正
1941年

说文推许段，千载复谁邻。
唯有先生集，堪为后世珍。
负公垂赏鉴，招我入城均。
骇俗四声辨，欣逢大雅陈。

四十初度荷觞咏
1942年

初度随荷度,荷觞许借不?
清香迎远岸,冷韵逐清流。
不受污尘染,难能臭味投。
亭亭娇欲语,相庆共添筹!

五十述怀二首
1952年

蒙昧三年学,空疏半世师。
陈编徒自窃,大道岂曾窥?
得鹿梦中梦,亡羊歧又歧。
当头逢棒喝,幸早觉沉迷。

生日逢长夏,农村正度荒。
未能谋稻酒,且慢借荷觞。
浪费吾何敢,联吟自不妨。
十年新建设,雅集乐无央!

和陈彦之医师六十自寿
1968年

忆昔屏山麓，幽栖有故人。
心清尘不染，手妙自回春。
岁月堂堂去，乾坤鼎鼎新。
何妨赓雅集，梅阁庆芳辰。

岳屏春晓
1930年

春晓丛林百鸟喧，凭栏一望兴悠然。
江波初浴日光出，岚气遥蒸山色妍。
幸有奇观恢眼界，却无俗虑到胸前。
于斯自得读书乐，立雪吟风仰昔贤。

赏菊
1931年

万紫千红已敛容，风光独让占篱东。
喜闻消息传新雁，漫把心情诉晚蛩。
英落犹堪餐屈子，节高自合伴陶公。
幽芳未要金铃护，一扫花间蝶与蜂。

秋兴四首
1939年

枫林残照急归鸦,秋水长天映落霞。
壮丽空思王勃句,殷忧频起杜陵嗟。
流亡满目伤时难,节序惊心感鬓华。
携酒登楼拼一醉,月明何处隐悲笳。

衅起卢沟剧可哀,江山半壁战场开。
陆军接处漫天雨,空袭来时平地雷。
转瞬琼楼成瓦砾,伤心枯骨满蒿莱。
神州元气终当复,共扫倭氛靖九垓。

十年同室苦操戈,御侮其如势迫何!
乘间翻成邹胜楚,审时漫以绞轻罗。
谋非曹刿休论战,狂类接舆且放歌。
举世岂无忠武辈,好凭收复旧山河。

孤馆无聊百感稠,万方多难几时休?
请缨无路心犹壮,投笔有怀志未酬。
谁继义军坚抗日,我惭野老苦吟秋。
匹夫自有兴亡责,怎禁纵横热泪流。

庚辰重九马头山登高
1940年

家乡形胜著黄冈，天马凌空气自昂。
此日登临怀渺渺，连天烽火感茫茫。
悲秋空续骚人赋，华夏岂容倭寇狂。
安得钱王千万弩，江潮不射射扶桑。

琼园夜集
1941年

名园借得绮筵开，为宴芳宾忝作陪。
都道尽欢须一醉，敢辞痛饮到千杯！
人多浪漫情何挚，我不风流语亦谐。
却怪嫦娥迟出海，桂花香里摸秋回。

和宁某《闺怨》嵌词限韵
1941年

<u>木笔</u>修书灯又残，<u>苍黄</u>封寄问暄寒。
<u>赏花</u>时至谁联咏？明月<u>夜来</u>独倚栏。
思<u>伯劳</u>劳成幻梦，<u>舍人</u>寂寂为微官。
<u>清风</u>两袖归来好，<u>甘遂</u>芦帘偕老欢。

注：加下划线的为花、酒、词曲、美人、鸟、官、地、药名。

辛巳重九重登马头山宴集
1941年

佳辰肯负登高约？揽辔马头随胜游。
浊酒何辞今日醉，黄花犹似去年秋。
群公漫洒新亭泪，野老空怀故国忧。
姑向骚坛添韵事，居然两度集名流。

卅九抒怀
1941

近强不仕早知非，食力舌耕足自怡。
激浊扬清初志在，乘风破浪壮心违。
散材自是难为用，野马由来不受羁。
领悟逍遥庄叟旨，何分鷃寄与鹏飞。

退休后对菊用解放前赏菊韵
1963年

三径归来认故踪，依然雅淡灿篱东。
岂唯战胜风霜里，别有香凝雨露中。
自赏孤芳契陶令，克全晚节伴韩公。
豪情把酒常相对，高咏南山兴不穷。

六十自寿二首
1963年

已过知非又十年，不求佛祖不求仙。
无能早息功名念，有癖难捐文字缘。
拟借荷觞赓雅集，待谋菊酒补芳筵。
犹欣晚景堪娱目，彩舞欢承半子联。

生当浊世爱清高，历尽艰辛气自豪。
不向朱门趋势利，却从白社慕风骚。
幸逢解放何嫌晚，服务人民岂惮劳。
尽瘁无功惭养老，党恩补报督儿曹。

题老妻小像
1972年

孤寒面目认依稀，共苦同甘乐倡随。
怜我被排常解聘，累卿流产尚缝衣。
翻身分得田和屋，尽瘁育成女与儿。
优渥党恩荣奕叶，退休偕老庆齐眉。

注：凌明明记忆中的母亲：周素琴(1911—1983)，湖南私立衡粹女子职业学校毕业，常以缝纫补贴家用，曾经教"我"唱民间小调。

借书吟呈曾丈荆山
1932年

三年经书毕,无钱无书读。记问忝为师,叨公偏刮目。特许探邺奇,四库阅目录。学海指津梁,航向示归宿。从此溯心源,非徒饱眼福。虞廷十六字,归纳便已足。

道旁观莲
1933年

素有濂溪癖,闻名辄心喜。况乃亭亭者,倏然来眼底。欲往采折之,忍损天然美？香风送我行,余兴犹未已！

读书癖
1934年

平生素有读书癖,一日无书心不怿。奇书到手胜千金,探奥研微忘寝食。窥户有客来揶揄:咿唔万卷何所需？枵腹莫饱贫莫疗,徒耗精力诚何愚？我闻客言发长叹,此道尔其门外汉。读书专为利禄谋,无乃狃于习俗见。文教不兴治何由？

弱肉强食苦争战。即如雪耻复国仇,生聚教训功各半。岂谓弱种缘文字,蒙元失国又何事?须知六朝荒淫自足亡,读书原未得精义。又况书中自有千钟良非虚,稽古桓荣乐何如?若乃饱食终日此心无所用,不较博弈犹贤乎?于是俗客悄然无语竦然退,坐拥百城南面不易我还读我书!

狂歌赠狂客

1939年

男儿不能万里建奇功,读五车书安足雄?长枪短剑堪杀敌,彼毛锥子诚莫及!咄咄狂客来逼人,自诩系出飞将军。抵掌雄谈骇庸众,时局指挥若能定。尺柄不假无奈何,愤慨材大难为用。平生不喜读书史,荦荦却明书中理。目中素无读书人,迩来流盼唯吾子。我闻此语感且惭,经济学术两不堪。况乃读书未得闲,雕虫小技何足算。如君抱负自不凡,英雄怎禁拊髀叹!我有一言君且听:好将出处师先圣。君不见伊尹乐道耕有莘,能使汤王三致聘;又不见庄子逍遥记鹦鹏,小大虽殊可任性!

四十初度荷觞歌
1942年

忝与荷花同生日,四十无闻谁知己?荷花出污而不染,我窃慕之岂敢比?笑问荷花许我乎?荷花点头似唯唯。愿制荷为衣,不为缁尘涴;愿借荷为觞,长醉清香里。此生如是亦足矣!

曾丈荆山哀词
1943年

我初识公,于公家塾。我原记问,公乃刮目!谓我可造,启之迪之;见我稍异,奖之掖之。文析我类,性戒我狂。从兹始识,为学之方。尤纾我困,解公之囊。我强偿公,公始受偿。感公之恩,十载于兹。嗟我不敏,动与时违!人或我忌,公特怜之。见则我喜,离则我思,闻公将死,犹复我期。我实为负,其又何辞?感恩知己,已而已而!今我思公,犹公思我。一棺长盖,欲见不可!公容在目,公言在耳,公文在心,公何尝死?往事印心,何曾暂忘。情难言尽,泪与思长!

名箴

1946年

名副其实,其名始称。实至名归,不知不愠。苟无其实,是谓虚名。虚名是盗,能无愧生?古人逃名,或亦有故;盛名之下,其实难副!即不能逃,缘何可盗?谨以自箴,庶勿轻蹈!

秋怀

1948年

入耳惊商飚,起看飘梧叶。唤醒凡卉梦,哀音吐瑟瑟。缅彼向荣时,竞作欣欣色。劲节岁寒荣,何如松与柏?

木阅秋而槁,人阅秋而老。四十犹无闻,能无伤怀抱!觑彼贵显者,一般有烦恼。何如取陈编,兀兀穷研讨!

旅雁向南旋,征鸿从北至。物性解炎凉,岂唯人如是?确乎有守者,多为穷巷士。感之增太息,夜中不能寐。

寂寂穷巷里,曾无热客来。况有素心人,相与日徘徊。话到惬意处,怀抱一齐开。笑彼名利客,熙攘亦可哀!

纱帷透新凉，素月暖空碧。梦向江上游，头共芦花白。惊觉遽然思，真幻了无别。悟彻齐物理，非庄亦非蝶！

鹏也控南溟，蜩也抢榆枋。大小虽有殊，逍遥各有乡。富贵固所愿，贫贱亦其常。何如守吾素，耽此道味长！

注：段丈嵝生（民国船山学院教授）评："趣味盎然，浸浸入室。"

荡妇曲

1959年

荡妇原是风流种，流波送笑最动人。妖冶从此春心荡，春心吸引蜂蝶群。蜂蝶逐花花恋蝶，扰扰蜂衙闹纷纷。游蜂惊散蝶遭扑，花飞原不辨湔茵。轻身潜逃衡阳市，破镜出匣易惹尘。监送郴县经劳改，轻装犹复拟樵青。巧言珠胎将出蚌，如簧鼓动当局听。刚出樊笼图远扬，恰逢故夫促转程。身虽转兮心未转，偷渡不怕关山远。珠胎暗堕人谁惜？红颜流落天不管。拖泥带水步难移，饮露餐风肠欲断。冻损秋波盼不流，寒侵玉骨深疾染。往昔风流安在哉，空留污点令人厌。

吁嗟乎！历尽艰辛悔已迟，自寻苦恼怨伊谁？借鉴聊为《荡妇曲》，已往不谏来可追！

乱曰：顾盼生姿颇动人，芳名果否慕昭君？无端自惹漂流恨，难与和蕃一例论！

七一自述

1972年

自笑弱书生，竟过古稀年。出生即贫苦，祖产早荡然。五岁即丧母，伴读却姨怜。宁依穷鳏父，傲骨炼饥寒。东餐而西宿，衣破而鞋穿。十岁犹未满，尝遍苦辛酸。随父常问字，粗识字两千。杂字千家诗，随父信口宣。随父翻字典，应客试对联：雨湿三分地，云开万里天。客惊才思敏，父叹学费艰。十二才就傅，日诵千余言。三载经书毕，学徒心未安。笔谈接喑叟，奥义得真诠。始受经师益，却招店主嫌。近视兼书癖，只好学舌耕。韵学问周叟，指津悟心源。父殁馆居市，学医业未专。枪替考县师，负约典敝廛。一年即毕业，科技未深研。怜才凌课长，拔荐擅特权。豫立高小校，算兼毕业班。调课王老师，恩均雨露偏。倘非推与挽，一期恐难完。承乏曾家塾，名宿仰荆山。学海示航向，四库窥一斑。壮年娶孤女，赁庑效伯鸾。执鞭被排斥，缝纫济米盐。儿女频伤折，夫妻共病缠。产疾归流寓，义教警烽烟。秋兴仿杜老，怒潮空沸腾。还乡教自适，避世吏不兼。不饮乱性酒，不受昧心钱。赌场过不顾，烟类概不沾。早息浮名念，难捐文字缘。赏音知己感，最感曾与彭。彭友白莲誉，曾师宝剑篇。幸全未折剑，难比不染莲。去声阴阳辨，就正段嵝仙。欲拔入大学，未赴感不谖。调受省师训，陶淑聘始连。赁庑将出卖，集赀买后檐。无园而名适，特以意为园。适意惟吟咏，耽吟俗虑捐。少无适俗韵，诗人慕陶潜。避倭离市居，兵燹复水淹。沦陷频假馆，光复仍执鞭。受聘中心校，各校争聘延。分买田两亩，租住屋一间。解放新恩渥，学习旧污湔。感恩先进友，借助后起贤。新生儿和女，并分屋与田。教工忝前列，退休特优先。养病十余载，胃病幸渐痊。儿女难深造，辍学承母欢。婚嫁各自主，孙枝竞争妍。病妻亦偕老，晚景共乐观。岳屏两诗友，相知壮岁前。晚年多唱和，情致共缠绵。黄存陈已逝，一喜一潸焉。连年频过访，招待意气鲜。荷觞聊自寿，彩笔冀儿传。丰收仍节约，联吟省开筵。党恩荣奕叶，红心报党恩。

词

西江月·戴镜词
1925年

近视固能了了,远观未免茫茫。年来始借此君光。眼界豁然开朗。

知者怜弥缺陷,不知妒效时装。或怜或妒总无妨。唯取自家便当。

南柯子·送友赴幕
1928年

淹贯承家学,昂扬有父风。年来诗酒畅谈中。始信情怀如海气如虹。

未就纵横计,且浇块垒胸。伫看雄剑试霜锋。一扫烟云万里破长空。

贺新郎·负负词
1930年

甚矣吾差矣！叹前番、等闲错过，空余追悔。闻道有人轻相许，几次殷勤相俟。问甚事、期君不至？偶为事情闲羁绊，订会期、传语都忘记。便失了，好机会。

有书浪付邮衣使。怪刁婆、讹传消息，暗施奸计。背毁无端蛇添足，岂识平生行事？真面目、原来不讳。不恨我心人不谅，恨我心、不谅于卿耳！呼负负，几时已！

如梦令·代赠
1934年

最是轻声便体。况复柔情善媚。笑靥未开时，已露三分春意。春意。春意。能不令人心醉。

满庭芳·光复后中秋待月
1946年

醉眼慵开，人随秋老，梦中虚度浮生。凭栏把酒，豪气尚纵横。欲教嫦娥对饮，广寒掩，不见娉婷。恁般地,千呼万唤,犹怅隔帘旌。

姗姗移玉步,娇羞滴滴,体态盈盈。奈身羁教坛,心困书城。未许尽情领略,待何日,万虑澄清。天香里,霓裳细听,好共庆升平。

菩萨蛮·寄挽汤月秋先生
1946年

人生离合浑无据。我归来后君归去。来去各匆忙。竟同参与商!

吾湘方告急。后会知何日?空祝有情天。莫赓诗酒缘。

蝶恋花·邂逅词
1949年

咫尺分明天样远。隔别多年,邂逅惊重见。秋色向人犹恋恋。旧情欲叙唇难展。

休怨当年缘太浅。缘若深时,转益伤离怨。悔惹闲情偏未断。几回空付并州剪。

西江月·度岁词
1950年

解放欣逢晚岁,岁除欢度今宵。团年依旧饮春醪。思想却须改造。

幸许砚田对调,喜添儿女双娇。吾乡土改谅非遥。生活将来更好。

浣溪沙·为小儿订婚作
1968年

邻苑夭桃向日开,风传芳信到庭阶。相逢一笑两心谐。

争取自由曾退聘,不嫌朴素为怜才。同行初试合欢鞋。

联

集句自冠
1942年

少无适俗韵；
泉自在山清。

自题书屋
1925年

学从己得方为实；
文以人传未是奇。

自冠适园
1944年

适乎琴韵书声里；
园在诗情酒意中。

贺某乔迁
1945年

明月好同三径夜；
高枝新占上林春。

光复新春联
1946年

爆竹自添新岁乐；
梅花不减故园春。

拟题船山墓庐
1948年

七尺长埋干净土；
六经新见圣贤心。

赤石乡抗旱庆功会
1950年

赤地转青原可庆；
石田变沃岂非功。

代冠锦堂婚联
1948年

锦上添花，花开并蒂；
堂前绚彩，彩结同心。

抗美援朝文艺宣传联
1954年

胜利歌声，鼓舞人民斗志；
健儿身手，捍卫世界和平。

新春联
1955年

春到中华，国际和平花灿烂；
喜临新岁，人民胜利果辉煌。

纪病联
1957年

岂有阴谋，口蜜竟同李林甫；
幸无饮癖，眼花恐类贺知章。

寄挽汪烈秋先生
1938年

潭水感深情，一曲踏歌成绝调；
象山怀往事，列传滑稽待续人。

挽段嵝生教授

1958年

大道本无私,春风广被宫墙外;
斯文原未丧,奇字长留天地间。

同盟会员陈墨西先生寿联

1959年

墨海渐澄清,道贯中山能革命;
西湖留惠泽,名随坡老更遐龄。

渣江国庆联

1962年

渣滓渐澄清,看秋水长天,国旗辉映红十月;
江山添锦绣,假文章大块,庆云彩绚小阳春。

代挽某嫠妇

1939年

镜破尚芳年,剧怜黄口将雏,白头依母,嫠室耐凄凉,唯把金针消永夜;

帨捐当七夕,料是天孙谪满,河鼓迎来,尘缘欣了却,好从银汉会双星。

词林集锦十四副
（加下划线的为词牌名）

一

春圃日融<u>风蝶舞</u>；
秋江夜静<u>水龙吟</u>。

二

喜听玉笛<u>声声慢</u>；
静看金莲<u>步步娇</u>。

三

大开大合<u>桃花扇</u>；
飞去飞来<u>燕子笺</u>。

四

儿女柔情<u>绵搭絮</u>；
英雄霸业<u>浪淘沙</u>。

五

金菊花前悲楚客；
玉箫声里忆秦娥。

六

献花齐祝千秋岁；
酌酒同消万古愁。

七

堪羡双凤栖梧老；
可怜孤蝶恋花痴。

八

雨霖铃夜眠难稳；
风入松时韵亦清。

九

孤舟独酌酹江月；
万马齐奔望海潮。

十

艳艳桃花醉公子；
萋萋芳草忆王孙。

十一

人月圆时偕燕好；
海天阔处羡鹏抟。

十二

貂裘换酒 思佳客；
健笔题诗 忆故人。

十三

倘秀才 调笑和尚；
麻婆子 戏耍孩儿。

十四

疏影 暗香 四边静；
红情 绿意 满庭芳。

文

适园跋
1944年

癸未岁暮,赁庑出卖,余乃邀会集资买得后檐。破陋不堪,犹未修葺,拟名适园。人多笑之:无其园而有其名可乎?园且未有,适于何有?余漫应之曰:然!但余之无其园而有其名者,特以意为园耳!以意为园,斯适之以意云耳!且余之所谓适者,自适耳!非人适也。苟能自适,虽无其园而有其名亦何不可?且余不适乎世者多矣,无权术不适乎仕,无机变不适乎商,无媚骨而尤不适乎俗。若是,余将安所适乎?亦唯以教为学,自适其适而适乎余意之所适也。余所处虽似不适,然每当沉吟之际,旷览之时,诚不知其为不适矣!意之所适,宇宙随之。宇宙之大,何所不适?唯余意之所适,又安在乎园之有无哉?

《适园杂草》自序
1973年

世居黄冈,祖迁渣市。我生浊世,自适清贫。就傅尽历三年,五经差毕;学徒虽经几处,一艺未终。冀温故而知新,因癖书而就馆。以教为学,唯善是从。接姚惜哉织工之笔谈,初谙联语;慕周之翰先生之韵学,渐解律诗。考县师借重诗文,反遭排斥;调省训提高资格,滥受欢迎。虽俗嫌贫瘦,壮乃始婚;却自命清高,强而不仕。不妨赁庑而居,何必买山而隐。撰《四声辨微》,就正大师;讲《六书举例》,以资后学。追随不仅学生,唱和且多名宿。曾荆山处士之"宝剑篇",良有以也;彭樵桂医生之"白莲誉",岂敢当哉!仿杜陵作秋兴八首,激起热潮;愤草将打内战十年,酿成外侮。名抗日而实反共,既祸国而又殃民。赖民族大联合抗战,迫倭寇无条件投降。饮露餐风,愁过沦陷离散之端午;问天醉月,欢度光复团圆之中秋!以馆为家,纵意所适。

幸晚逢解放翻身,从新学教育改革。避倭早离渣市,假馆分居井塘。竟移宾而作主,仍假砚以为田。永安厥居,世守其业。老病退休,优游自适。盖无所往而不自适焉。历时既久,所积遂多。徇高弟之请求,兼承作序。供小儿之参考,聊助挥毫。因汇平生所作诗词以及散文联语,自为选定。题为《适园杂草》,不求适于人,亦唯自适其适而已耳!若夫开古为今用推陈出新之先路,吾虽年老,尚冀与群英共勉之。

跋　语

唐年初

　　不是情人不泪流，情之所至能诗意。柳絮风起时节，收到姐夫凌明明发来的书稿《适园诗文选》。打开一看，一种异样的亲切和惊喜深深地吸引了我，也震撼了我。姐夫晚年学诗，居然能在他的书中，用典雅的平仄韵律，演奏出鲜活的时代乐章！人间四月芳菲尽，山寺桃花始盛开。姐夫与诗歌的"爱情长跑"修成了正果。

　　"适园"是伯父凌少泉先生的书斋号。伯父钟爱诗词联语，曾经将自己的作品汇编成集，名为《适园杂草》。在他生活的那个年代没有机会出版，老人家却仍然抱有"彩笔冀儿传"的期待。姐夫为了完成父亲的遗愿，决定编一本书，名字就叫《适园诗文选》，特将先君的作品汇编为"遗编"置于自己的作品"新编"之后。其书名和编排是有讲究有寄托的。姐夫是想用一本诗集，来反映父子两代的诗心，并给子孙留个念想。这无疑是一场超越时空的对话，是一场传承文化的接力。

　　"遗编"收录了适园主人凌少泉先生的代表作，也是《适园诗文选》的源头。"遗编"选取了作者的诗文等作品，时间跨度几十年。伯父对社会、对人生深刻、细腻的体验与领悟，让我仿佛穿越文化时空，感受着伯父的感受。伯父生于晚清，遭逢乱世，"五岁即丧母""尝遍苦辛酸"。他出身寒门,却天生傲骨,"不向朱门趋势利";他屡遭排斥,却宁折不弯,"历尽艰辛气自豪"。伯父在《退休后对菊用解放前赏菊韵》中感叹:"岂唯战胜风霜里,别有香凝雨露中。"短短的14个字,把"花与人"融为一体。在伯父眼中,早年的孤苦,中年的磨难,抗战中"转瞬琼楼成瓦砾,伤心枯骨满蒿莱"的惨痛,以及世俗的偏见,人情的冷暖,这些所谓的"风霜",都是可以战胜的;晚年欣逢解放,不仅"分得田和屋",还能继续教书并光荣退休,所以他特别感恩,也特别自豪。也许这就是他"豪情把酒常相对,高咏南山兴不穷"的力量源泉。岁月已经远去,伯父那深厚的文学功底、孜孜不倦的治学态度、终生与诗书为伴的境界,对姐夫及其家庭影响很深,对我来说也始终是一种激励。

"新编"所收录的是适园二代凌明明先生的作品,也是《适园诗文选》的后浪。"新编"中选取了作者的诗文等作品。读"新编",我更多地了解了姐夫对"诗和远方"的奔赴;读到了他行色匆匆、劳碌奔波的奋斗之美;感受到他用诗的灵性,将生计的压力转换成鲜活愉悦的人生态度,激发成乐观向上的人生智慧。姐夫诗词创作的根扎在家乡的土壤里,一方水土赋予他浓郁的乡愁,也记载着他少年时代"忍痛废学"的苦,青年时代"奋力追梦"的倔,中年时代"挥汗如雨"的拼。

小时候我常去姐夫家(大姐长我20岁),伯父总是把我与两个小外甥拉到他的跟前读诗识字。伯母时不时过来招呼我们喝水。那种温和的语气、关爱的眼神,让我感到无比温馨。后来两位老人相继去世,时空变幻而"家训长存"。现在我还记得姐夫家的一副对联:"少与时人争意气;多从学海下工夫。"在他们的精神家园里,随时都能感受到"室有书香人有梦,儿孙接力启新程"的正能量(后来他们的儿女均成为高校教师)。这样的家风很难得,这样的传承很难得。从那时开始,我也跟着受到启蒙和熏陶。

姐夫喜欢吹拉弹唱,曾经多次参加区文艺宣传队赴县汇报演出,闲暇时大家都喜欢围在他身边,听他讲故事。我们当地有春节舞龙灯的习俗,姐夫能在龙灯表演的大场面中,即兴应景、出口成章地"发彖"(押韵的祝赞贺语),大家都夸赞他机敏有才。他是公认的高手,小时候我就崇拜他。1970年,姐夫到渣江区供销社工作,姐姐留在老家,成了当时的"半边户"。"半边户"很辛苦,特别是"农田承包"之后,一个上有老下有少还有责任田的家庭,全靠姐姐独力操持。好在姐姐刻苦能干,姐夫则常年在单位与家庭之间两头奔忙。他们互相激励,共同撑持,把自己的家庭与责任田经营得让别人羡慕。

我家里兄弟姐妹多,姐夫对我们的父母很敬重,敬重父母的勤劳善良,敬重父母对子孙的大爱。虽然日子过得很艰辛,父母却坚守着"耕读传家"的古训,饿着肚子也要送我们上学,竭尽全力把我们培养成人。姐夫认为,父母亲作为地道的农民,具有这样的远见尤为可敬。他与大姐一直关爱着兄弟姐妹,总往家里补贴,为整个家族承担责任,是父母的臂膀,是兄弟姐妹的依靠,劳心劳力,亦知亦行。我在湖南省第三师范学校读书时,正值长身体阶段,生活费老是不够,再怎么省吃俭用,都不够用。往往在接济不上时,就能收到姐夫寄来的汇款单和许多鼓励的话语……虽然过去了几十年,这些至今烙印在我的心中。

2000年,姐夫姐姐随儿女移居衡阳师范学院,本可以到处走走看看,随着时光慢慢变老。即便随大流,打打小牌,跳跳广场舞,也无可非议。然而,姐夫姐姐向来低调,他们习惯了简单的生活,也不想增加儿女的负担,这么多年一直蜗居在一个狭小的旧楼房里,为儿女作后勤。他们热爱这个"网上爷孙称好友""时合时分信自如"的诗意家园。一有空闲,姐夫就会悠然地在他喜爱的"诗中驰骋"而"自信有缘"。每当作品发表之后,他手捧稿酬,"心潮喜共春潮涌",像小朋友一样特别开心。姐姐喜欢跟他开玩笑:"拿几块钱稿费,连电费都不够。"他知道姐姐这是正话反说,其实是关心他、"幽默"他。正如他在诗中描绘的那样:"京腔京韵自多情,听得兴来哼几声。老伴回眸同击节,荧屏内外喜盈盈。"令人意想不到的是,姐夫作为一个只上过六年小学的人,近年在衡阳市老干部大学与衡阳师范学院用"多媒体"讲授诗词课,居然得到了"青春学子"与"白头翁妪"的一致认可,还被衡阳市老干部大学评为"优秀教师"。

姐夫出生在美丽的蒸水河畔——衡阳县渣江。他对生于斯长于斯的家乡的那份情感特别真挚。有一次回到老家井塘,他情不自禁地放声歌唱:"堂中井水美滋滋,游子归来畅饮时。乡恋如泉流不尽,故园春色入新诗。"家乡的一山一水是再熟悉不过的,一片稻田,一口水塘,一声鸡鸣鸟叫,一次小小的聚会,都能触发他的灵感。比如"春满故园花满蹊""鸟唱依然高复低""久违莫讶河塘窄,梦里常游天地宽""蒸水泛舟才几时?顽童转瞬鬓如丝"之类的"情景再现",充分表现出"眉间心上,皆吾故乡"的游子情怀。

他的诗,不刻意追求绚丽的色彩,而是以一种原始的、本质的生命感受力来写,用一颗质朴的心来吟唱。比如,《清明回故里小住》中的"旧景重温总是情""追怀笑貌复闻声";《参加衡阳县诗乡授牌》中的"情深胆尤壮,不怯柏台高";《自驾郊游偶得二首》中的"流水潺潺山道弯,祖孙呼应上层峦。蓬榛半掩疑无路,石罅中开别有天"。这些表述往往在点染中呈现出深情,在恬淡中折射出深刻。不仅是智者之诗,更是情者之诗。

文人有点才的,一般清高自负,不与他人趋同。姐夫不一样,他重情重义,诗里诗外都是真诚。比如,他在《喜得阔别多年老友手机号》的诗中赞叹:"闻君衣锦未忘旧,信口吟成红豆诗。"在《诗路回眸酬胡静怡老》一诗中感悟:"吟诗自遣原无忌,点石方知别有天。"在《挽周念先老师》的对联中,他则是在呼喊:"艺苑方兴,公归仙境情何急?

蓬山尚远,我立程门恨太迟。"这些信手拈来的真事、真语,表达出一种朴素的真情——"梅经雪染品尤洁,人到老来情更痴"。

"登山则情满于山,观海则意溢于海。"姐夫的诗,忠诚于生活,他善于从"寻常"的事物中发现"超常"的美,形之于诗而不落俗套。比如,他认为德天跨国大瀑布能够"化成飞练半空悬",是缘于它"所向无争"的博大襟怀。他在《采风车中二首》眺望"溪云舒卷车窗外"的瞬间,同时享受着"树退村移我向前"的舒爽。他在《乘缆车登祝融峰》时即兴赋诗,词句浅显却寓意深远:"平步登天意气扬。"首句从字面上看,是由缆车升空触发的联想;从技法而言,却是虚写一笔为下句铺垫;"机关一点便收场",次句看似紧承上句,点明缆车到站,实则意在言外,凸显心理反差;"空中楼阁休留恋,漫漫人生路正长",结尾则是在"登天"到"收场"的过程中感悟人生。他不只是在记录,在叙述,更是在表达,很有智慧地表达对事物的认知。这种认知,正是诗词的艺术所在,也是最有意趣之处。

原以为姐夫年纪大了,知识结构、活动范围、接触层面难免会受到局限。读完诗集,发现他在诗词中把对人生理想的向往、对现实生活的关注、对美好未来的希望交汇在一起,并融入了自己的视野和情感。其信息之丰富、视野之开阔、观念之新颖,完全颠覆了我的认知。也让我更加了解到,无论是他对于诗的执着,还是诗带给他的快乐,都是常人无法企及的。难怪他身处底层，却能在《中华诗词》《中华辞赋》《老年教育》等国家级期刊发表诗文30多篇，还多次在诗词大赛中获奖。值得一提的有第六届"华夏诗词奖"二等奖。该奖由中华诗词学会定期主办，是官方认可的"诗词最高奖"。诗词圈内的熟人都说他牛。也让我感慨不已：梦想真的无关职业、年龄，有梦想且脚步永不停歇的人是足以让我们敬佩的。

我认为，他能够迎来高光时刻，凭的不是神助，而是自学——读书。在小学阶段，他就跟着父亲读《三字经》《千家诗》，读"四大名著"……虽然只是囫囵吞枣，但其中许多章句，他却能背诵如流。后来因为读不起书，他就利用业余时间读书。那时书籍短缺，逮着什么就读什么，包括别人用过的课本。有一次因为还书时间紧迫，他一日一夜就读完了《红岩》。他庆幸自己"老随儿女学府住，馆阁藏书不知数"。他一头扎进书堆里，一本接一本地读了五年。五年后，他加入衡阳师范学院夕照明诗社，后来他又成为衡阳市诗词学会副会长，参与编辑诗词刊物，教授诗词课程。面对着社会责任，他既要关注"诗词教育"之类的当代书刊，又要精读《随园诗话》《人间词话》之类的经典，并力求贯通……姐夫把诗书作为心路的伴侣和一辈子的"情人"。这种生活姿态，这种人生选择，难能可贵，予人力量，传人薪火。

年复一年，积累渐渐多了，姐夫就有了出书的想法。编辑诗集时，嘱我写点东西。我虽感为难，但考虑到他与我亦兄亦师亦友的关系，只好勉力为之，把与姐夫的生活日常碎片作个肤浅平淡的记述。内中既有感激之情，也有敬佩之意，同时还有对自己蹉跎时光、随波逐流的警醒。

  姐夫与共和国同龄，年岁已高，现在他还在追逐诗意的道路上继续前行。什么时候能停下来，他自己也说不准。我祝愿把诗词融入生活的他健康快乐！

2023年6月于衡山

（作者时任衡山县政协党组书记、主席）

后　记

　　我从小喜欢读书，却没有书读。1963年小学升初中考试，我以衡阳县二中考区（涵盖渣江、界牌、金溪3个区）第一名的成绩被衡阳县六中（原新民中学）录取，因父母多病导致家庭拮据而未能就读。当年那张油印的录取通知书，至今尚在。为了解开这个无形的心结，我努力做好两件事情：一是利用业余时间读书，滋润自己饥渴的心田；二是培养儿女读书，直到研究生毕业。

　　我的父亲凌少泉先生，平生以教书为业，与诗书为伴。尤其钟爱诗联创作，著有《适园杂草》。适园是他的书斋雅号，也是我的诗词摇篮。我从记事的时候，就开始在书斋里看着父亲吟诗。到了上学的年纪，父亲开始教我背诗。那种富有韵味的声调，使我倍感新奇而乐在其中，日复一日就与诗词结下了不解之缘。1965年，我成为村里（当时叫生产大队）的耕读小学教师，后来又加入了村里和区里的文艺宣传队，有时自编一些快板、三句半之类的小节目。父亲则帮我修改作品，给我讲解"押韵"与"平仄"的关系，实际上就是灌输诗词格律知识。虽然当时似懂非懂，也没有系统学习，却让我感受到诗词的魅力，开始有意无意地关注诗词。1970年，我到本县渣江区供销社工作之后，有时触景生情，偶尔也会写上几句。尽管还不像诗，但父亲总是热情地予以鼓励,让我把这种照猫画虎的尝试延续下来。晚年随儿女移居衡阳师范学院后,我参加了该院夕照明诗社,开始系统地学习诗词创作。

岁月而今,垂髫稚子变成了白发老翁,家庭住址也几经变迁。而终生不变的,是我对"适园"的记忆。因为"适园"是家风的象征,它象征着文化传承,也象征着诗意人生。所以我把父亲与我的诗文编入同一个集子,叫作《适园诗文选》。之所以谓之诗文选,是鉴于现今各种自编的诗集目不暇接,集子太厚未免令人望而生畏。所以我先把《适园诗文选》的作品总量限定为300篇左右,再选择适宜的作品。集子分为上下两卷,根据南怀瑾先生"先读近代之作,然后反溯其源"的思路编排。上卷是本人的作品,叫作"新编";下卷是先父的作品,叫作"遗编"。

父亲于1986年(83岁)去世,当年与他唱和的诗友已经全部作古,现在还了解他的人相对较少。"遗编"中选取了父亲从18岁到80岁期间有代表性的诗文等作品百余篇,虽然数量不多,但可以从中窥见其心路历程,并了解其思想性和艺术性。

本人近年在衡州诗坛编刊、授课,常常以诗会友,或者以诗纪事,或者以人存诗,所以择稿偏多一点。"新编"中选取了本人的诗文等作品两百余篇,都是近十几年的即兴之作,也算是对关注我的师友递交的一份答卷吧。

非常荣幸的是,这本自编的诗文合集,居然得到了许多方家的关注与支持。德高望重的老前辈、衡阳市人大常委会原副主任旷瑜炎先生,湖南省文学评论学会副会长、衡阳师范学院文学院院长任美衡(笔名任东华)教授,分别为《适园诗文选》作序。衡山县政协党组书记、主席唐年初先生为《适园诗文选》题跋。书法名家席志强先生、文佐先生、刘彦先生分别为《适园诗文选》惠赐墨宝。诗词名家陈中寅先生为《适园诗文选》作书稿终审。还有我的家人,对这本集子的编印予以了大力的支持和帮助。这一切,都令我十分感动,在此一并表示深深的谢意!

  集子中的作品按体裁分类,同类作品以创作先后为序。用韵按照惯例,诗用平水韵,词用词林正韵,也有少量诗作采用词韵,符合当代诗坛的用韵规范。作品或许平淡无奇,作者却敝帚自珍,故而弄个集子分赠亲友,给自己的后代留个念想。如果有朝一日,作者的后辈需要了解祖辈的文化生活轨迹,也好有个寻根溯源的文本。至于怎么寻溯,那就是他们的事情了。

  最后需要说明的是,本人与先父的诗文作品大多在书刊等媒体上发表过。为便于查阅,择要附录于后。

凌明明

2023年10月

凌明明诗文刊载要录

获　奖

《天门山玻璃桥上戏作》获国家级奖项。该诗被收录于"中华诗词文库"中的《第六届华夏诗词奖获奖作品集》。该书系中国书籍出版社2016年版。

书　籍

1.《湖南当代诗词选》第三辑,入选诗词2首。该书系中国文联出版社2017年版,共收录2007—2016年度990人1229首作品。

2.《湖南当代诗词选》第四辑,入选律诗2首。该书系中国文联出版社2022年版,共收录2017—2021年度675人776首作品。

期　刊

1.《中华诗词》月刊2012—2023年,共计刊发诗词联25篇。

2.《中华辞赋》月刊2019年第9期"诗词撷英"个人专页,刊发诗作6首。

3.《老年教育·老年大学》月刊2023年第2期、第8期,刊发教研论文2篇。

4.《中国诗词选刊》季刊2013年第3期,刊发词1首。

5.《当代诗词》季刊2011—2022年,共计刊发诗词11首。

6.《湖南诗词》季刊2008—2022年,共计刊发诗词联文136篇。

7.《老年人》月刊2009—2022年,共计刊发诗词联40篇。

公众号

1. 2018年,"诗评万象"推出诗词作品20首。

2. 2020年,南岳诗书画社"衡岳诗人"推出诗词作品19首。

3. 2023年,云帆诗友会"诗词人物"推出诗词作品18首,并由搜狐新闻、《人民日报》网络版转发。

凌少泉诗联刊载要录

书　籍

1.《衡阳县当代诗词楹联选》(合集)，入选诗联19篇。该书由衡阳县志办公室主编，1999年。

2.《新中国六十华诞颂》(诗词合集)，入选诗词9首。该书由衡阳市诗词学会主编，2009年。

3. 衡阳市《农家诗选》(合集)，入选诗作3首。该书由衡阳市诗词学会主编，2015年。

4.《衡阳县历代诗词楹联选》(合集)，入选诗联14篇。该书由团结出版社出版，2016年。

公众号

2023年，南岳诗书画社"衡岳诗人"，推出诗词作品28首。